主编　凌翔

当代著名作家美文自选集

路过幸福　路过你

赵峰旻　著

地震出版社

图书在版编目（CIP）数据

路过幸福路过你/赵峰旻著. —北京：地震出版社，2019.11
（当代著名作家美文自选集 / 凌翔主编）
ISBN 978-7-5028-5091-3
I.①路… II.①赵… III.①散文集－中国－当代
IV.①I267
中国版本图书馆CIP数据核字（2019）第190349号

地震版 XM4464/I(5809)

路过幸福路过你

赵峰旻 著

责任编辑：范静泊

责任校对：凌 樱

出版发行：地 震 出 版 社

北京市海淀区民族大学南路 9 号　邮编：100081
发行部：68423031 68467993　传真：88421706
门市部：68467991　传真：68467991
总编室：68462709 68423029　传真：68455221
市场图书事业部：68721982
E-mail: seis@mailbox.rol.cn.net
http://seismologicalpress.com

经销：全国各地新华书店

印刷：北京楠萍印刷有限公司

版（印）次：2019年11月第一版 2019年11月第一次印刷
开本：710×1000 1/16
字数：174千字
印张：13
书号：ISBN 978-7-5028-5091-3
定价：49.80元

目 录

第一辑　清茶皓月照禅心

第二辑　道在日常时时新

第三辑　希望在梦的边缘

第四辑　此心安处是吾乡

第五辑　半亩方塘一鉴开

第六辑　纤纤发丝绣乾坤

第一辑　清茶皓月照禅心

品茶之道全凭心境，在于一个“静”字，品一壶淡淡的茶，须褒有从容淡定的神态，淡泊平常的心境。悟人生沉浮，造万物世界，不是刻意的超然，而是水墨画褪却繁华后，留有风骨的意境，是远水无波的禅思。

想念一场雪

雪是冬天的精灵，她只在寂静的夜里，造访孤寂的灵魂。比如寒窗夜读的书生，比如灯下雾髻云鬓的女子，比如独钓寒江的蓑笠翁，比如黑夜轻骑逐敌的壮士，比如正在苦苦等待一场大雪的你和我……

而这一刻，我等了多年，但每次都被无情可寄的念头焚毁。这个冬天的夜晚，窗外终于飘起零星的雪花。它温柔，静谧，安详，伸着温暖的舌头，舔着我的记忆，舔着这个迷离的世界。

绿蚁新醅酒，红泥小火炉。晚来天欲雪，能饮一杯无？也许这样的雪夜更适合静思，脑海突然迸出这样的字句。红尘俗世中，每日摸爬滚打，有时见你不该见的人，说你不想说的话，做你不想做的事，希望的火苗即使窜出，却难拨响心湖深处最敏感的琴弦。

若是来一场漫天飞扬的大雪，飘飘洒洒，乱剪鹅毛，浩浩荡荡，天清地白。草房内，炉上温一壶绵柔醇香的米酒，土灶上，锅里煮着酸甜咸辣，热气腾腾的菜肴。木桌旁，三五知己，就着一杯老酒，聊些家长里短，陈年垢事，工作中的委屈，生活中的不如意，凡尘俗事，借杯酒释怀，烟消云散。

也许是人到了一定的年龄，许多感动就会渐渐地复活。多少年了，记忆中有一场大雪，一直在“啸啸”不停地下。三十多年前，那个冬天的傍晚，天似穹庐，笼盖四野，喜鹊停止喧闹，暴风雨被挤走，云儿纷纷列阵，为一场大雪壮行，一场雪如约而至，静静地飘飞，裹满了枝丫，填平了河坡，围满了村庄，盖满了原野……

放学铃声早响了，教室里，一个身穿红色灯芯绒棉袄的小姑娘，隔着结满冰凌的窗户，在痴痴地发呆，她一会儿抬头看天，一会儿低头看脚，妈妈刚为她做的新棉鞋，久久地徘徊在教室内，想着不为人知的心思，眼看天快黑了，小姑娘咬咬牙，毅然脱下棉鞋来，从家庭作业本上撕下两张纸，小心地一包，夹到腋下，冲出教室。

不能这样，孩子，会冻着的，等一等。一个甜脆的声音从后面传来，办公室刚改完作业，打算回家的蒋玉兰老师，从身后追上来，关切地对女孩说，舍不得将新鞋弄湿是吧？快穿上，我背你回家。见年轻美丽的蒋老师弯下腰等着背她，十岁的小姑娘有些忸怩，但经不住老师的一番言语，最终乖乖地趴到老师的肩上，搂着老师的脖子，瞬间，有一种温度传遍全身。乡间小路上，有“咯吱咯吱”的脚步声，清脆地回荡。远处村庄的狗叫声，瞬间化作“千门万户雪花浮，点点无声落瓦沟”“柴门闻犬吠，风雪夜归人”的经典画面。

夜凉如水，心头温暖。苍老的记忆，从那个冬天傍晚的雪中归来，童年的回忆，似一幕幕情景剧，总在一遍遍播放，点燃岁月的灯盏，照亮从前的小姑娘半个人生，我的心头。

它让我至今想念一场亦如从前一样，冰清玉洁，晶莹剔透，薄如蝉翼，飞如柳絮，酣畅淋漓的飘雪。每次想起那场雪，我就会立时回到童年，去一遍遍想象漫天飞雪下，老家的村庄，草垛，房屋，麦田，渐渐缩进雪里。教室的窗户结满无数冰凌，孩子们的琅琅读书声，将雪落的声音收藏。铜炉里，外婆把放在火里的豆子烤得“噼啪”炸响。

然后，在与一场雪短暂的相逢里，任乾坤挪移，时光流转，思绪无边漫延，排山倒海席卷而来。去忘记月升日出，潮起潮落，走进秦时月，汉时光，明时风，清时雨，感受古道西风，楼兰风情，舞低杨柳楼心月，歌尽桃花扇底风；去品味“帘外雪初飘，翠幌香凝火未消。独坐夜寒人欲倦，迢迢，梦断更残倍寂寥”的人生况味，在想象中，把我的城市变成一个银装素裹的童话世界，而后，幸福感动得流泪。

那么，何时才能再下一场记忆中那样铺天盖地的雪呢？

窗外，雪像轻音乐的音符，还在漫不经心下着。人说，佛家有三苦——得不到，不想要，已失去。今晚，这场裹风挟雨的雪，瞬间化为水，它只和我们温婉地问候一声，便又悄悄走了，亦如，它轻轻地来。来如春梦无多时，去似朝云无觅处。

簸箕里的春天

乡下的风，城里的雨。也许说的就是七十年前春末，王家屯那场毫无征兆，说下就下的暴风雨。

是凡上了年纪的人，都记得入夏前的那个夜晚，天黑得像一口无边无际的大铁锅，倒扣在屯子上空 ，伸手不见五指。凌晨四点钟的光景，屯子上的男女老少还沉浸于睡梦中，风裹携着雨，一阵紧似一阵，呼啦啦，噼啪啪……树枝折断的声音，房屋倒塌的巨响，击破了王家屯向来的宁静。

倒河塘水了。洪水像怒吼的狮子，向地势最高的王家屯汹涌逼来 ，顷刻淹没了村庄农田。人们惊慌失措，呼号一片，逃向王家屯。

沉睡的夜从老槐树梢上渐渐摇落时，风停了，雨也止了。太阳像外婆家墙头盛开的石榴花，浅紫，淡红，层层绽开，燃向灿烂，洒满了整个屯子。

这个时辰该是千家喧语，万家炊烟的光景。然而，整个村子从东到西，由南向北，泥糊的墙，草搭的棚，大水冲毁，狼藉一片。只有外婆家青砖小瓦的四合院子，高高屹立在屯子上，不惧风雨，安然无恙。

阳光轻轻摇落在外婆家的窗棂上，唤醒了纺纱到深夜的外婆。外婆拽着小脚，推窗开门，立时傻了眼。大树倒了，房屋没了，一群人衣衫不整，七倒八歪地躺在屋檐下。

看着周身湿透的乡民，瑟瑟发抖，外婆沉默不语，弯下腰来抽掉门闩，大开院门。她左手接过祁家大嫂手里熟睡的婴儿，右手扶起李家七十多岁的阿婆，向院中走去，后面的人群，走成了一条长龙。

王家屯上，就数外婆家日子过得最为殷实。听说外公爷爷的爷爷，当年先知先觉，高瞻远瞩，一锹一锹地，从河中捞出淤泥，然后肩挑人扛，一担，一担地，码出了高高的王家屯。之后，屯子从未受过洪水的侵害，加上祖荫的诗礼谦和，屯风纯正，子孙的贤能通达，勤俭持家，使整个屯子枝繁叶茂，人丁兴旺。

院中的人越聚越多，东厢房住不下，就住到西厢房，最后连磨坊厨房都住满了。实在没法子，外婆拿了些钱，交给屯上年龄最长的刘老爹，划船去外地张罗木料茅草，搭建临时草棚。

清晨第一缕炊烟，从外婆家磨坊里冉冉升起。外公支起了只有过年时才用来煮豆浆的大锅，做饭蒸馒，熬粥浆汤。

水退之后，大家捞泥割草，砌墙搭房，互帮互携。一个多月后，房子搭好了，家里有劳力的人家，都从外婆家囤粮的泥瓮里，拿回一些谷子。没有力气的老弱病残，外婆就挪着小脚，一簸箕，一簸箕，一家，一家地送上门去。稻谷没有了，再送麦子，麦子没有了，家里的豆子，也成了外婆馈送乡民的食物。

每到晚上，外婆就会解开裹脚布，请刚过门的舅妈帮她挑开血泡，敷上云南白药。饱读诗书的舅妈，刚从邻村嫁过来。这些日子，她连嫁衣都给了那些大姑娘小媳妇穿了，还天天跟着外公外婆喝麦糁子粥，嘴上虽没说，但外婆看出她的些许不乐意。

外婆和舅妈说：大雨一冲一泡，各家的粮食都长芽发霉，人吃了会生病，田里的麦子塘水淹了，青黄不接。四条腿的马也有跌跤的时候，做人谁没有个难处，咱家里有，就接济一下吧。毕竟是书香门第出来的舅妈，懂事，点点头，接过外婆手中的簸箕，学着外婆的样子，屯子内外，村头舍尾，四处奔走。

时光一晃，又一个春天，又一场风雨，让外婆手足无措。外婆家被划为富农，当时是按富裕程度划分，所谓富农，外婆说是她公公勤劳和嘴上省下来的富裕农民。每当农忙家里请短工，公公总是自己尖起嘴巴喝粥，做糯米包菜团子给短工们吃，待人宽厚俭省的公公是屯子里出了名的，富裕自不必说了。其时外公已不在人世，批斗的对象自然成了外婆。

当外婆惶惶不安，去屯上的土戏台接受“贫下中农再教育”时。台下的乡民，他送外婆一个小板凳坐，你送外婆一把葵花子吃。

台上戴红袖章的小将们不依了，他们要外婆挂上牌子站到台上，接受批斗。这时，台下好多乡民站了起来，与台上一帮愣头青们理论。小子，你回家问问你爸你妈，你爷你奶，当年要不是她家，我们早就饿死冻死，还有台上的你们吗？因此，说是“批斗会”，每次外婆也只是来了，在台下坐坐就回，免受了一场屈辱和劫难。

如今，外婆早已离我们而去，有些大道理对不识字的外婆来说也许太过高深，但她却用为人做事最基本的方式，发自内心的善良，留给别人一点，褒一颗感恩的心去帮助他人。她让我们懂得了“径路窄处，留一步与人行；滋味浓时，减三分让人尝”的道理。正如一首诗所说的那样：我捧出一片绿叶，却收获整个春天。而外婆用簸箕，播种出人生的春天。

开在时间上的花

穿行于城市的我们，永远活在现实面前，城市里没有草长莺飞，没有月升日落，没有鸟鸣鸡唱，没有炊烟的味道。它快速的鼓点，匆忙的身影，麻木的眼神，疲惫的身心，职业的笑容，不知不觉地将我们同化。

工作，生活，日复一日，天地俨然了无生命意趣。即使有，也像这个季节蒲公英的种子，一口气吹过去，飘向比远还远的地方，它的无边无际，让我们渺茫无依。

早上拎着公文包下楼上班。打开车门，“啪”一声，头顶上一片树叶掉在前玻璃上，紧接着“啪”“啪”一声又一声，往日冠盖如云的梧桐树叶，铿然有声，一拨儿，一拨儿打着旋儿，赶趟儿似的，纷纷离别枝头，落在我的身上，敲打着我的车顶，然后被风掀起，像无数只小鸟乱飞，最终悄无声息在仰躺在地上。

它们从春天到冬天，走过一季，就是一世，挂在枝头，区别于别的事物，只是一个叙述的过程，而坦然横呈面前，宿命使然，都有一个相同的结果。

穿越重重叠叠的岁月，与生命有关的抒情已丢在风中。一些时间的叙事，终成烟云，越不过，也回不去。所谓一生，就卡在这里，它们悲壮的姿态，让我联想起一些与生命有关的词语。岁月荣枯，花开花谢，本来就是一个完整的生命过程。假如鸟儿是树的花朵，那么生命就是时光上的花朵。

蜗居城市一隅的我，有时畏惧外面的风沙，惧怯室外的酷热，逃避外面的寒冷，多数时候并不想出门去。终于有一天，挡不住对乡村某种缅怀的情结，叫上同事，勇敢地走出家门，沿着小城一条安静的小路，驱车向前，慢慢走下去。当我踏上这片土地，立即摸到了坚硬的时间，然后我就看到了那些争奇斗艳。

我拎着衣服，踮着脚小心翼翼地走近田间。那些粒粒饱满的水稻，朵朵洁白的棉花，颗颗绿翠的胡椒，紫色高贵的茄子，都在列队欢迎我，在风中对我点头，向我灿笑。对着我微笑的，还有田间几位白发的老人，我对他们似曾相识，他们对我也似曾熟悉。我回过头来对他们笑笑，他们也转过头来看我。知道我从城里来，是来采访他们的，他们高兴地向我们诉说他们的丰产丰收，丰衣足食。他们说，一亩田，春天长包菜青椒，七八月份套种露天西瓜，棉花，青椒，就这一季，就有七八千元的收入，全年下来，一亩田一万元左右。我和我的同事，纷纷咋舌，有了来乡间种上三五亩地，秋天收个三五斗的欲望。

原来，这里有多数被人忽视的美。看到这里沉甸甸的水稻，我终于明白，稻子为何弯下了腰，是因为它粒大饱满的缘故。大朵，大朵的棉花盛开在原野之上，原来它们雅洁的表象之下，揣着一颗勇于奉献的心，它高举着的是一个高洁的灵魂。至于那些满河满坡，千军万马似的荻花，时光之上，虽然站成一道个性的风景，却从不在别人的风景里仰视，它们让我们读得懂，它们生命的真正意义。

临走时，一个老人拿着袋子，到屋檐下的大树上，摘扁豆给我们。

一个老人则拿着一个大大的蛇皮袋，来到田间，弯腰摘了满满一大袋的青椒，挪上田岸，递给我们。掂量出了面前沉甸甸的热情，沉重的分量，我说，这些我们到菜市场或超市都买到的。他们笑着说，这些都是我们自家种的，从来不施农药，绝对无毒害。是啊，有种东西永远买不到的，那一刻，一些记忆深处的东西渐渐被打捞出来。

从此岸到彼岸，时间从我们的身边呼啸着飞过，我们无法让它为我们驻足。时间之上，它们都在快乐和寂寞中真正绽开生命的时候，这朵花也永远开在了我记忆的枝头。

该来的会来，该走的时候，就悄无声息地走。朋友说，他们那里下雪了，雪啊，这尘世的精灵，这天地间的花朵，你被迫出生，就是为了饰演一个注定的角色。你看上去飘飘洒洒，多姿多彩地活，其实是在表演不同的死。

其实，没有一条生命，可以真正逃过这一劫。某一个时间，已以消失，某一个词语，被反复利用。雪花又一次飘舞在这一季，它只是为了饰演一个注定的角色，叙述一个生命的过程。

当掌心化雪，落入尘土，它让我们摸到了坚硬的时间，让我们看到了时间的花朵，在枝头荣枯的过程。

生命，亦如开在时间之上的花朵，既然如此短暂，我们还有什么不珍惜的理由？

厚度 温度 气度

“混沌未分天地乱，茫茫渺渺无人见。自从盘古破鸿蒙，开辟从兹清浊辨。”这是《西游记》的开篇诗。盘古开天辟地，尽管只是神话，谁也不会当真，但经过文人的勾勒，文化的演绎，喜欢好奇的人们，还是喜欢上这个神话。每当人们提起中华文化，往往要从“盘古开天地”说起。这是因为它既象征着中华儿女征服自然的伟大气魄，又能借此厘清上下五千年华夏文明的来龙去脉。

《三五历纪》里这样记载：“天地混沌如鸡子，盘古生其中，万八千岁。天地开辟，阳清为天，阴浊为地。盘古在其中，一日九变，神于天，圣于地。天日高一丈，地日厚一丈，盘古日长一丈。万八千岁，天数极高，地数极深，盘古极长。故天去地九万里。后乃有三皇。”

在人类历史太初，没有天也没有地，世界在混沌黑暗之中经过了一万八千年，孕育出大力神盘古，他神斧一挥，天崩地裂，轻的气往上浮，成为天，重的气往下坠，成了地。为了阻止天地重归混沌，他像一根擎天大柱，顶立于天地之间，天每日在增高，地每日在变厚，盘古也随着长高。一万八千年之后，天变得极高，地变得极厚，而盘古累倒了，身体各个部位变成了太阳、月亮、星星、高山、河流、草木等自然物体，成为天地间最伟大的神。

关于盘古开天辟地只是人类成长的开始，这种成长，随着人类历史的不断前行，中华文明的渐渐演变，走向了一个博大，深厚，值得憧憬的漫长过程。有学者指出，中华民族有“三十万年的民族根系、一万年的文明史、五千年的国家史”，是世界公认历史最悠久的文明古国之一。

人类一旦接近了历史，就接近了文明。而最能证明华夏文明标志的莫过于城、青铜和文字。考古学家在河南淮阳一座黄帝时代的平粮台古城遗址中，发现了我国最早最古老的文字甲骨文。而与商朝的甲骨文一脉相承的“陶文”距今约有五千年。如今我们还能从距今五六千年的龟甲上的河图和洛书中去寻根问祖，还能从“河洛文化”的历史脉络中，探寻中华文化的源泉。

中华文化就像一堆篝火，在文明中不断扩大，经过尧、舜、禹，走过夏、商、周，日臻成熟，不断发光。尤其自西周建立礼乐文明之后，穿过春秋，越过汉唐……与中原文化、巴蜀文化、吴越文化、齐鲁文化、楚文化等，这些地域文化共同组成了中华文化早期的主体——华夏文化。而湖南城头山遗址发现距今六千多年的古城和祭坛，以及距今约七千年的河姆渡遗址的文明程度，又将华夏文化倒推在五千年以上。

盘古开天地“一日九变”，五千多年来的中国文化与时俱进，精进变化至“神于天，圣于地”的最高境界，自由翱翔于“秦皇汉武”“唐诗宋词”“四书五经”“诸子百家”的天地里。一点点根植于泱泱华夏每个儿女的血脉里，一步步走向繁荣与富强的理想与现实中。于是，中华文化凝聚着盘古开天传导出来的一种饱和力量，日益成熟。这种力量凝聚成孟子所说的“浩然之气”，在经过上下五千年的岁月淘洗之后，变得更加深厚。

这种厚重让文化变得更加自重，更加力敌千钧。所以，盘古的变化还在继续，这个故事还在接着讲，天地开辟之后，天每天升高一丈，地每天加厚一丈，盘古也“日长一丈”，只有当天地之气凝聚在一个人心中的时候，它才能够日渐强大，同样一个民族有了上下五千年的文脉积淀，文化铸魂，才能变得日益强大，更具精气神。

于是，作为中华文化经典的诸子百家文化与天朝思想得以发展壮大，黄河文化与长江文化南北方文化实施了民族大融合，中华56个民族文化精华更加融入了人的内心。天、地、人成为一个完美的整体，达到天人合一的极致。人的力量因而变得无比强大，文化的触角变得更加犀利，影响力也变得日益深厚。

一个国家，没有文化难以传承，一种文化，只有厚度载得久远。如今，有着悠悠五千年文明的古老中国，励精图治60年，事业发展日新月异，让世界瞩目。毗邻而居的韩国，建立了全球第一所孔子学院，每年都会按照传统方式，定期到文庙祭祀孔子，在中国古代传统式的300多所县学和书院，讲授中华儒家经典“四书五经”。美国等欧美国家也在吸取中华文化的精髓，相继开设孔子学院，从中华文化儒家哲学中汲取济世治国的养分。中华文化在新加坡、马来西亚、日本等东南亚地区以及全球开枝散叶。

以神话开头的世界，有了一个盘古开天辟地，为人类的生存空间留下人类意志力的骄傲。当神话走向现实，蓄积了几千年文脉温度的古老中国，一下子有了精神气度，文化厚度，变得离天空更远，离苍生更近。

时光清浅　花开依然

春争日，夏争时。春天悄悄打了个盹，夏天便迫不及待地粉墨登场。人间五月，虽是初夏，犹在春暖，一切才刚刚开始。蛰伏了一冬一春的植物们，仿佛接到了天地的指令，用蓄积一身的能量，去迎接新的生长季。

大自然赋予了植物神圣的职责，什么季节开什么花，什么时令结什么果。生长在这个时节的植物，就像一个个后知后觉的智者，该散叶的散叶，该开花的开花，该结果的结果，它们一簇簇，一堆堆，一片片……争先恐后，风风火火，你方唱罢我登场，前赴后继，仿佛在赶赴一场盛会。

园子里，窗台前，河坡上，房前屋后，目之所及，黄的烂漫，红的惊艳，紫的剔透，绿的澄澈……到处是绿的世界，花的海洋。它们弹着吉他，摇着风，向着阳光，朝着明媚，用各种方式来庆贺，去祝福，长在岁月中，走向成熟的自己。

“清晨出郭更登台，不见余春只麽回。桑叶露枝蚕向老，菜花成荚蝶犹来。”这是范成大眼里初夏的写照。清晨，趁着阳光明媚走出城外，万木竞秀，生机盎然。茂盛的桑叶可以成为蚕宝宝口中的美食了，灿黄的菜花已经结荚长籽。来来往往的游人薄衣轻衫，姑娘们裙裾飞扬，衣袂飘飘，似一只只花蝴蝶在花间穿梭，一切都美得让人如此流连陶醉，不敢辜负。

懂得感恩的植物们，将大自然装扮得花团锦簇，五彩斑斓。洁白的洋槐花，紫色的梧桐花，火红的石榴花，一个劲儿地播艳吐香。野蔷薇依河傍水，随风摇曳，星星点点，漫天遍野地开着。被喻为“五月花神”的芍药，“解语花”的三色堇，旁若无人地盛开，开向灿烂，开向明媚，开向妖娆。连不起眼的虞美人，矮牵牛，山桃草，迎面而来的，也是一段清浅灵动的小时光。

这样的季节，就像小城男人的脾性温文尔雅，不冷不热，不徐不燥，总能博得有缘事物的青睐。初夏的一场雨过后，饥渴了一春的树们草们庄稼们，像一个个嗷嗷待哺的孩子，一旦遇上甘霖，就大口大口地饥餐渴饮。将要吐蕊的花苞，开得无声无息，恍若隔岸的琴音，满是绵绵禅意，这绝世的美，美的深情，美的风骨，美的瞬间打破时光。此时，细雨溅落在植物的叶片上，轻轻地弹在屋檐上，温柔地敲打在窗户上，少却了盛夏的电闪雷鸣，喧嚣吵闹，多了一份情趣和雅致。

生活既有诗意浪漫，也有残酷无奈。学会和过去告别，也是一种成长。一阵风过后，花们打着旋儿，纷纷陨落，离别枝头，满地花瓣，一片残红。心存美好，傲然一切，活成绝世孤本。

所有的盛开，都是为了这一季的结果。红的草莓、黄的枇杷、青的蚕豆……时令蔬果争先恐后，赶着趟儿纷纷登场。它们的美好远不只我们所看到的、所给予我们的美好，除了让人心情愉悦，还让我们懂得：真正的快乐，藏在滋味里的，源于大自然的启发，源自心灵的开悟。

遇见美好，正如我们遇到好的人和事，都要看自己的缘分。往年这个时节，我都会去郊外看海春轩宝塔下的几株琼花。今年再来时，刚过了花期，它们正悄悄地结籽。感动于花们的执着，它们心存执念，即使暗夜无人时，依然在跋涉，不辜负。你来时，它在开，你不来，它依然。

盛开是花们的职责，清雅是它们的本质，孤独何尝不是一场修行。植物给我们的启示，便是秉持初心，重新出发，于轻描淡写中，拥有一个好的心境，我们在拥抱一个季节的同时，拥有了整个宇宙。时光如金，季节更迭，真正的智慧不是预知未来，而是活在当下，感受美好，珍惜现在。

低处的仰望

风裹挟着小雨，滴滴答答，淅淅沥沥，打在小花伞上，皱褶了一下午的时光。下了楼，左拐弯，一直往前，再往左一拐，就到了小区休闲广场。广场不大，将南北两边的高楼生生劈开，上面长满了花草树木，被雨水抚摸过一遍后，水灵灵的，绿成一道道高高低低的屏风。

透过密密匝匝的雨帘，阳光变换着七彩的光线。季节提着颜料桶，光着脚丫，踩着时光的轮子，东洒西泼，世界万物被染上了宗教式的光斑，变得扑朔迷离，充满禅意。经受雷霆风雨洗礼过的植物，自带光芒，在自然的画板上，被随意挥洒，定格成一幅大写意的水墨画。

那些黄的花，绿的草，高的树，矮的木，穿过无数的幽暗，风风火火，一拨又一拨的，赶着趟儿，来到这个季节，想开花的继续开花，该结果的早已结果。目光随意光顾到哪里，都能看到植物们清新朴素的妆容。

狗尾草在紫薇花的影子里，幸福地摇啊摇，摇啊摇。紫藤树已过了花季，在高处低着头，静静地结着自己的荚。机灵的喵星人趴在冬青树下，瞪着一双警觉的眼睛望着我。悠闲的鸟们坐在女贞树的肩上，叨念着光阴里的一些絮语。

天堂草带着原始的冲动而生，它把身体平铺在地上，簇拥着广场上的一些健身器械，没心没肺地绿。这种又名为矮生百慕大草的野草，叶细而长，质地柔软细腻，耐旱耐踏，生命力极强。它根紧握着泥土，茎矮矮的，细细的，贴着地面生长。脚踩在上面，松松的，软软的，毛茸茸的。每天来健身的人们，以及那些尾随而来的宠物猫啊狗的，在上面踏啊，踩啊，它一声不吭，不急不恼，依然挺着身板，昂着小脑袋，兀自向上伸展，活得谦卑而坚强。

旋覆花开着细细的黄花，虽不起眼，但太多的花聚在一起，就开成了气候。这种草可以入药，民间流传这样一句药谚"诸花皆升此花沉，行水下气益容颜"，一个美丽的传说也由此诞生。

百花争妍斗姿，自然深受青睐，身价也是步步攀升，唯独旋覆花孤标立傲，不愿随波逐流，看别人脸色行事，地位如日落西山，渐渐下降。百花封神时，花王成全了旋覆花的意愿，让它活在低处，彰显自己独降的功能。从此，旋覆花贴着大地生长，每日抬头仰望，惊讶地发现，原来自己头上的那片天空如此美丽，自己每天可以肩负行水、下气、降逆止呕的使命，笑傲于自己的江湖。

换一个角度看世界，就会看到不一样的风景，收获一些无法复制的美。茇茇草、马齿菜、牛筋草、扁蓄、鸡眼草都是乡下的野草，它们远离故乡，在没有炊烟的城市，在高楼林立的夹缝里生存，在永远踩不烂的钢筋混凝土，接受太阳的抚摸亲吻。它们摇着风，沐着雨，在光阴中低下头颅，悄悄地结籽。它们在植物中最不起眼，人们的目光很少倾注于它们身上。它们早已在心中凿出一条通往光明的通道。它们的生命虽然卑微，但从不攀附。它们将艳羡的眼光，都留给了路边的木槿，交给了田野中的庄稼，将所有的希望，都交给未知的时间。它们知道，所有达到的，未知的，都将抢在这个季节抵达。

一幢幢高楼栽葱似的，直指天空，仿佛是一列列通往天空的列车。轻的风，细的雨，推着时光往前走，走着走着，天空从靛蓝变成瓦灰，幽深似海。

天空之下，时间之上，一些高处的树，低处的草，低下头颅，仿佛进入回忆和思考模式。

风一吹，窃窃诉说着鲜为人知的暗语。俯仰之间，我们突然读懂了它们心中的秘密，原来它们站在低处，只是为了更好地仰望，为了造就一个不可战胜的自己。

特蕾莎的爱

这个晚上，打开电脑，我的目光立即被锁定屏幕之上。在这篇《世界上最有影响力的一个女人》的文章里，与她初次邂逅，紧跟着文字，快速游走的我，心也被这个叫着特蕾莎的女人揪得紧紧的，我试图从字里行间，打捞出有关这个女人沉静多年的一些泛黄的影像。她的一些事儿濡湿我的眼睛的同时，也打湿了室内一大片时光。

1910 年 8 月，出生在南斯拉夫一个商贾之家的特蕾莎，从小拥有不错的家境。按理说她可以在父母的羽翼下，过着悠闲的生活，或者在更高的平台上长袖善舞。然而，岁月流淌，淘不尽她对慈善事业的孜孜以求。关山迢迢，却挡不住仁爱慈悲的情怀。12 岁时，为了实现爱的梦想，她立志当一名修女。18 岁时，为一份爱的追求，她毅然选择了背井离乡，从遥远的塞尔维亚派到印度，开始了她毕生所从事的积善济贫的慈善事业。

从此，在印度熙熙攘攘的大街上，每个黎明，或每个落日黄昏，人们总会见到一个穿着印度纱丽的修女，在潮水般的人群中款款而行。推着小车，教堂门口，林立的楼间，与千万人擦肩而过的身影。她睁大一双澄澈碧蓝的双眼，走走停停，四处搜寻，试图找回那些贫穷的乞丐，垂死的老人。在垃圾里，在水沟边，她拣起那些嗷嗷待哺的弃婴，抱起奄奄一息的病人，一步一步，迈着疲惫的双腿，来到她建起的名为“静心之家”的垂死收容所。为了这些无家可归的病人和儿童，她甚至上街乞讨，为他们寻医问药，用她温暖的爱心撑起他们即将倾倒的生命大厦，让穷人从此找到爱与生命的尊严。

飞逝的时光无法止住文字中特蕾莎前行的脚步，一些往事不断从字里行间闪现蹦出。当我看到特蕾莎从臭水沟里抱起被蛆虫吃掉一条腿的乞丐，从狗嘴里抢下啼哭不止的婴儿，将濒死的病人抱在怀中，并告诉他们，耶稣爱你，他在天上等你时，世界为之颤栗，我的呼吸也快要窒息。也许世界上没有比死亡更可怕的事情了，然而只有爱能够让人在死亡面前消除恐惧，变得平和，融化一切。

熙熙攘攘的人群，来来往往的生命，渺小到仅是沧海一粟。这一天，特蕾莎发现一位老妇人倒在路上，像是死了一般，破布裹着的脚上爬满了蚂蚁，头上像是被老鼠咬了一个洞，残留着血迹的伤口周围，爬满了苍蝇和蛆虫。她用手帮老妇人测量呼吸和脉搏，发现老妇人似乎还有一口气，就赶紧把老妇人送到了附近的医院。医院得知是位无家可归的老人，便不予接收，但特蕾莎修女态度坚决：“老奶奶是否有救的责任不在医院，但作为医院想办法给予治疗却是必须的！”迫于特蕾莎修女的义正词严，医院才对这个垂死的老妇人予以治疗。

在特蕾莎纯净碧蓝的眼里，生命是尊严的，爱是平等的。在她的生命中，她一直以穷人的名义而活着。1979 年，为了维持穷人的尊严，她穿着价值一美元的印度纱丽，昂起高贵的头颅，以穷人的名义去台上领取了诺贝尔和平奖。并为穷人们争取到本应宴请大会嘉宾的 7000 万美金，然后她为穷人卖掉了令无数人仰慕的诺贝尔奖奖牌，并将这些所得的全部19万美金一起创立了麻风病防治基金，她将所有的一切全部奉献给了那些穷人。

在特蕾莎看来，那些奖牌不能为穷人服务，就失去其应有的价值。她觉得给予穷人尊严比给予他们粮食和金钱更重要。为此，她努力使自己变为穷人，以便成为穷人的朋友。直到1997年去世，她都一直过着穷人的生活。只有这样，才能让她服务的穷人感到尊严和平等。

在特蕾莎的世界里，只有牺牲和奉献，她在世界各地拥有600多个分支机构，而她办公的总部只有一桌一椅一个破打印机。她工作的地点总是在麻风病院、贫民窟、收容所、艾滋病医院等地。她所创建的仁爱传教修女会虽然有4亿美金的资产，而一尊耶稣像，一双鞋，三套衣服就是她自己全部的家当，她被誉为贫民圣人，她穷得甚至连证件都没有，但她的精神是富有的，她纯粹的心灵比天空明净和高远，比大海拥有的海水还富足。

特蕾莎让人们懂得如何去爱，她用大爱的火种点燃爱心的火种，她用爱的力量延续了人们的希望。在她的影响下，政治家、银行家、大学生、演员、模特儿、富商甚至州长纷纷加入爱的行列，成为慈善服务对象，她让人们知道爱是大爱无疆的精神力量。

南斯拉夫科索沃内战，联合国调停了数次都未能停火，当特蕾莎冒着炮火走进战区去拯救妇女儿童时，双方指挥官听说特蕾莎在战区时，竟然都同时停了火。作为联合国最高长官的安南不能办到的，她却做到了。她让人们知道，人格的力量更是无形的，在大爱面前，一切干扰都将自动让路。

在大爱面前，任何屏障和国界都将消于无形。那些最孤独的人，最无助的人，处境最悲惨的人，得到了特蕾莎的关怀和帮助，她被称为贫民窟圣人，成为全世界爱与美的化身。她是加尔各答天使，她说活着就是爱，她用无私奉献践行这样一句话。她去世后，印度政府为她举行了只有总统和总理才有资格享有的国葬资格，成千上万的人为她洒泪送行，她的离去被印度称为失去了母亲，来自 20 多个国家的 400 多位政府要人参加了她的葬礼，其中包括三位女王与三位总统。

从印度伟大女儿奖到美国总统自由勋章，全世界共有八十三个政府、首脑、机构以及各个组织都给她颁发过崇高的荣誉和奖项，但她将这些都用来帮助穷人，1964 年罗马教皇赠给她一辆白色林肯牌轿车，她却义卖了捐助修麻风病院。

天空，满月洒辉，澄澈如她。窗外，茶花飘飘，芬芳如她。屏幕上，文字流动，心绪难平。轻轻地关掉电脑，眼前总是不断浮现出印度街头蹒跚前行的她，赤手空拳，清碧如洗的眼眸盯着前方，一袭白衣圣洁依旧。

是的，特蕾莎把爱留给了世界，自己一无所有。当繁华褪尽，烈火成冰，往事历历，皆成过客。唯有她义薄云天的大爱，无与伦比，支撑着人们，走过坎坷，冲出暗淡，点缀年华，流芳千古。

烟火 流年

乡下人的日子，琐碎而平淡。总是在锅边灶台，柴米油盐的庸常生活中，日复一日，延续着炊烟里的温暖。这样的日子尽管寡淡无奇，波澜不惊，但对于今年七十九岁的婆婆来说，粗茶淡饭的流年里，嗅得见炊烟的味道，听得见花开的声音，何尝不是一种幸福。

大年初七的早晨，“呯”的一声闷响，将我从睡梦中惊醒，我一边揉着惺忪的睡眼，一边条件反射，弹簧似的从床上蹦起，懵懵中，四下搜寻。窗框里的天空，像一枚有机玻璃纽扣，晨曦中散发着幽幽的光。室内的盆景花瓶，桌椅板凳，一切完好，现世安稳。

刚刚一声巨响，似放炮，又似炸雷，真实地存在过啊。我不甘心，推开房门，宽敞的天井内，燃过的烟花，刹那芳华后，东一撮，西一堆，仰躺一地，抚慰着寂寞的伤口。记忆在瞬间恢复。原来今天是婆婆的生日，昨晚一家老小，回到乡下，相聚老宅，地上燃过的烟花壳，是为婆婆暖寿留下的印迹。

厨房里亮着的灯，将夜的帷幕渐渐拉开。烟囱里冒着的烟，在空中划成一条灰色的龙图腾。此刻我已猜出八九,一定是早起惯了的婆婆，在准备一家子的早饭。撩开门纱，推开木门。天啦，厨房内一片狼藉，就像刚发生过一场战争。灶台上，右边的一只大铁锅，锅底朝天，仰着半个黑脸，仿佛在痛苦地呐喊，快救我。扣在上面的不锈钢的锅盖，像一条锅盖鱼，翻着白白的肚皮，仰翻在地，诉说着被遗落的委屈。炉膛的烟灰，纷飞四溅，洒满灶间。我像个战争废墟面前的祭奠者，怔在那里。

别怕，别怕，是我。这时，一个黑乎乎的人头，隔过烟囱，从灶膛门口，伸向灶台。婆婆满脸焦黑，黑得只剩下两个眼睛，朝我眨巴，咧嘴一笑，黧黑的脸上，露出一口白牙，黑白分明，极为滑稽。我再也忍不住，突然一声爆笑，笑得蹲到地上，差点喘不过气来。夸张的笑声，惊得树上栖息的喜鹊，叽叽喳喳，也惊动了一大家子，踢踢踏踏，朝厨房奔来。

我突然想起什么，像一只急了的猴子，窜到灶台后，将一堆烟花壳扔出门外。转身扶正炸歪的铁锅，这才发现，锅里，脆脆的，黄黄的年糕，还在滋滋地响，闪着润泽的油光，这些都是孩子们最喜欢吃的油煎年糕。笑声霎时凝固在我脸上，眼里有咸湿的液体，滴答流出。七十多岁的婆婆像做错事的孩子，搓着双手，羞赧一笑，没事，没事，吓着你了吧，不怕，不怕。

一大家子围着婆婆，七嘴八舌。两个孙女上前抱着奶奶的腿，愧疚地抚慰婆婆，都是我不好，昨晚我不该说，奶奶煎的年糕好吃，奶奶，我下次再也不要吃年糕了。

面带愧色的婆婆，瑟缩着枯瘦的身体，昏黄的灯光下显得更为单薄卑怯，让人看了心痛。等几个站着说话不腰疼的儿媳散去，我默默地收拾起残局。从小没有娘的婆婆，大字不识一个，就知道整天围着土地和锅台转。自那年得了胃癌，做了胃切除手术后，婆婆再也不能下地干体力活，在几个儿子的逼迫之下，转让了赖以生存的几亩田，才结束了一辈子的田间劳作。没有了稼穑，也就没有了秸秆当柴火。虽然邻居，他家一捆麦草，你家一把棉秸，但向来俭省惯了的婆婆，看到燃放下的烟花壳，还是如获至宝，当成燃料。

婆婆虽也生了三个儿子，但当公务员的二儿子，三十九岁那年，英年早逝，这让她的生活塌了一次方。每年二儿子的忌日，烧火的活儿谁也不会和她抢，连平日里喜欢嚷着，抢着的要烧锅的孙子孙女儿，也懂事地将这个差事让给她，一切仿佛约定俗成。因为向来要强的婆婆，从不在人前流泪，这个时候，一边烧火，一边默默地，一任心中的悲痛，生活的艰涩，和着泪水长流，在烟火中寻找慰藉，烫平心灵的皱褶。等锅上菜好了，她的一腔悲痛倾泻得差不多时，并会自说自话，今天烟怎么上不了天，呛煞人呢。

两个儿子一个当老板，一个从政，都在城里居家，想让她享几天清福，三番五次地让她进城，可她终究不肯去，三儿子只好为她在乡下买下一座青砖小瓦的老宅，置好燃气灶。偶尔在城里待上几日，她不是这里不舒服，就是那里疼的，急着往乡下跑。因为，没有炊烟的日子，她就会失去原本的活色。

回到乡下的婆婆，仿佛接到地气，每当儿女们回到乡下，都说土灶烧的饭菜香。她就会迈动一双细得像麻秆的腿，地里割上一把韭菜，摘上一把四季豆，拣些枯柴回家，再从井里打上一桶水，坐在边上细细的择洗。最后拎出快生锈的铁锅，在门前“哗哗哗”，刮下一层层黑黑的锅灰。

这边锅还没支好，小辈们并抢着钻进灶膛门前，抢着烧锅。我像小时候一样，取草，点火，“轰”的一声，炉膛里的火，像一条巨大的蛇，瞬间喷吐出长长的信子，让我避之不及，额前的一缕黑发，焦成一堆枯草，一股难闻的焦味充斥了整过灶间。

锅台上的婆婆一边嗔怪，说了不要你们烧，这下怎么得了，头发焦了吧。一边高呼，老头子，烧锅啊。公公乐颠乐颠地，蹲到灶下，添柴续火，红红的火苗舔着锅底，照亮公公整过脸膛，闪闪的发光，也照亮了一屋子的光阴。

日子的流水，一次次涤去生活的尘埃。风一程，雨一程，时光一错肩，婆婆更老了，老得像舞不动春心的杨柳，淡淡守着人间烟火，将最平凡的日子，过成流年里的水墨丹青，笑傲于自己的江湖，迤逦向前。

清茶皓月照禅心

午后的阳光，斜铺出一屋子的金黄，窗外的柔风缱绻，吹得人迷离欲醺。几上一杯花茶，氤氲成一个个袅娜多姿的女子。借着梧桐疏影的慵懒，一个人漫不经心地，将一本书，一页一页翻过。直到一杯茶，喝到淡而无味，一炉香，熏得浅浅淡淡。

工作之余，总喜欢去西溪的荷风茶社，一个人神思独处，就着暖阳，静静地，读书，品茶。那一刻，园内汉唐风韵，红瓦牌楼的曹家大院；飞檐翘角，古意拙朴的摹云阁、摹云亭；水汽氤氲，飞波流韵的辞郎河，淡墨相宜，烟锁雾迷的凤凰桥、凤升桥等与董永七仙女传说相关景点，尽收眼底。

荷风茶社虽是新开设，但到处沁出古风仙韵。来这里，就着湖上吹来的风，读书品茶，悟世间万种风情，人生况味，一股香甜之气，从口至舌、至喉、久久萦回。品出一壶青山秀水，满目旖旎风光，一杯茶由此喝出“清茶皓月照禅心”的意境来。难怪明朝文人陆树声《花寮记》中认为，只有在凉台道院、明窗静室、松风竹月意境下，才能品出茶的真味，悟出禅的真谛。

茶文化在我国起源久远，底蕴深厚，距今已有几千年的历史，且与宗教有着很深的渊源。世界上有一百多个国家和地区的居民都喜欢品茶。有的地方把饮茶品茗作为一种艺术享受来推广。直到现在汉族还流传着以茶代礼，“客来敬茶”的习俗。北宋时期，“茶百观”“兔毫盏”与茶文化有关的民间大观，妙趣横生。

田园诗人韦应物《喜园中茶生》这样写道：“性洁不可污，为饮涤尘烦，此物信灵味，本自出山原，聊因理群余，率尔植荒园，喜随众草生，得与幽人言。”由此可见，从种茶、饮茶到上升为茶文化，都必须有文人的参与。大凡品性好的茶或生在雾气缭绕的山涧小溪旁，或与小草为伴生在人烟稀少没有污染的地方。唐代陆羽所著《茶经》提出了精行俭德的茶道精神。好的植茶环境，成就了品性高洁的茶道精神。

茶道精神全凭一份情，在于一个“礼”字。西溪作为佛教圣地，自古以来，文人非常重视茶的精神享受和道德规范，讲究饮茶用具、饮茶用水和煮茶艺术，并与儒、道、佛哲学思想交融，并逐渐进入人们的精神领域。自古以来，品茶的文人在饮茶过程中，创作了很多茶诗，仅《全唐诗》中流传至今有关茶的诗就有四百多首。文人一起品茶吟哦，随境写意，也让人感觉茶的醇香，感受到有茶作知音的那份禅悦。

品茶之道全凭心境，在于一个“静”字，品一壶淡淡的茶，须抱有一种从容淡定的神态，淡泊平常的心境。悟人生沉浮，造万物世界，不是刻意的超然，而是水墨画褪却繁华后留有风骨的意境，是远水无波的禅思。活在当下，要的是这种庸常静好，要的是这种宁静简约。当我们带着对一事一物的感慨，或者一枝一叶的吟赋，对着风，对着树，对着雾，春去也，秋去也，冬去也，连太阳的血色也褪尽了。在荷风茶社品茶，品的是茶的香醇，喝下的是清苦，沉淀的是深思，体味的是“采菊东篱下，悠然见南山”的人生意境。

茶与禅相通的，茶与禅之所以相通，因为把神气收回来，使精神反观自身即是“禅”。早在汉朝，茶已成为佛教“坐禅”的专用滋补品。魏晋南北朝，已有饮茶之风。禅是佛教的一种修持方法，其境界是言语道断，心行处灭，虚灵宁静，把外在事物都摒弃掉，不受其影响。当下，物质生活奢侈浮华，有不少人生活空虚，精神焦虑，苦痛倍增。只有禅能让人心静神明，万缘放下，活出生命的大境界。

禅道讲求一个“无”字，因为一张无字的白纸，既可放笔江山，亦可处处留白。这点只有从庸常的生活中，慢慢体悟才能得到应验。我之所以时常喜欢来荷风茶社品茶，也有多种缘故。

记得初来茶社，我像一个莽撞的少年闯进了恋人的闺房，也没细看那茶是用什么水，什么壶，甚至什么火烤的，抑或心中暗问这茶出自何人之手，是年轻的小姑娘，还是发鬓斑白的耄耋长者，心里很清楚，饮茶重在情调，情趣。第一眼就被这里匠心独运的建筑设计，以及超凡脱俗的地名深深吸引。厅中摆着一架古琴，几上放着刚刚对弈的一盘残棋，壁上是本市的一些名家字画，隔三岔五，总有三五文朋诗友来这里吟诗赏文，始初也许有几份附庸风雅之嫌，时间久了，真的融入其中，自有一份安静和悠闲，欲语还休的文学氛围。每当筝音萦回，诗声朗朗，这一切都会为我掸去生命中的忧伤，把我的心事阐述得淋漓尽致，为我洗去夕阳易逝的叹息，花红易落的烦恼，人生的悲苦与彷徨。

茶与禅之所以相通，都缘于一个“纯”字，在于追求精神境界的提纯，性灵的升华。“尘心洗尽兴难尽，世事之浊我可清。”心有多重繁华，就有几多孤独。无论流连多少山水，还是落寞孤寂。“心若自在，身在顺境，心若不安，就在逆境，心为境动，心随境转，心境顺逆，在乎一心。”

现如今，我成了荷风茶社的常客，每当身心烦倦的时候就去这里品茶，而每次去，对茶的体悟都不同。在那里，我读到一些关于禅的文字，与那些纯净如水的文字相伴，可以坐看云起，行到水穷。至今记忆犹新，读到了周国平先生编著的一本书《请禅有感》，书中有这样一个故事。

有一天，化缘回来的小和尚在禅房门口看到老法师正端坐在阳光下大汗淋漓，泪流满面。小和尚就非常惊讶和不解，走上前低声问师傅：“你怎么了？”

“没怎么，我正在沐浴洗涤呢。”老法师心平气和地说。

小和尚就更困惑了，走了几圈之后，又凑过去问法师：“师傅，我没看到您沐浴洗涤呀？”

“我是在沐浴洗涤自己的心灵，你当然看不到了。”老法师静静地说。

小和尚就更加好奇，索性打破砂锅问到底：“怎么为自己沐浴洗涤呢？师父可否开导开导弟子呢？”

老法师说：“点燃一颗感恩戴德之心，令人心旷神怡。”

故事让我们内心得到自证，悟出禅的真谛，见到一缕属于自己的佛光。也许生命过程中，我们会遇见许多未知的悲哀，生活总会给我们永远无法得到的答案。但是，累了，苦了，倦了，来荷风茶社，淡淡一杯茶，让我们领略到一份安然，一份超脱。不管红尘世俗的生活如何变迁，不管人生的方式如何选择，更不管握在手中的东西轻重如何，我们都会勇敢面对，欣然承受。那么，就让我循着生活的跑道，向生活的深处走去。让一个人的世界，春暖花开，一个人的浮世清欢，细水长流。

与一只鸟对峙

夜的眼睛，在这个崭新而湿润的早晨刚刚睁开，阳光便透过紫色的雾，从窗外一下子挤进屋子，撒下无数根光柱。一只鸟不知从哪里钻了出来，站在窗外的一棵树上，上蹿下跳，旁若无人，“铁姑娘，铁姑娘”兴奋地叫着，声音清脆而尖锐，不知道在叫谁。我掀开被子，一跃而起，拉开窗帘，探着脑袋拼命搜寻。隔着窗户，它瞪圆眼睛，与我四目对视，我们久久地相互凝望，各自猜着对方的心思。

仔细打量，它的体形较大，浑身上下黑不溜秋的，头部与颈部夹杂着紫蓝色与铜绿色的金属光泽。头侧长着桔黄色的肉垂，肉乎乎的裾随着跳跃的节奏乱颤，眼部及头侧长着绒黑色短羽，头顶中央羽毛硬密而卷曲，我感觉与它似曾相识。想起母亲曾与我描述过一种鸟儿的模样，我猜它应该是传说中的鹩哥吧。

小区内花木繁多、茂盛，风混合着各种花香，很是怡情。然而，在自然面前，人类总是为自己设置道道屏障，几乎每家在居室门窗外都会装上一层层防盗网，盗贼进不去的同时，飞鸟也飞不进，同时也禁锢了自己的视线。当然我家也不例外，新居装修时，为了安全起见，给每个窗户都装上不锈钢管栅栏式的防盗窗，这样，隔着一层焊得严严实实的防盗窗，从远处看，就像一个活脱脱的铁笼子了。

也许在鸟的眼中，人类将房子装饰得固若金汤，风雨不侵，像一个大大的笼子，只不过这庞大的笼里不是养的鸟，而是一个个大活人，因为笼中的我，无论如何也飞翔不出它的世界。鸟睁着圆溜溜的大眼睛与我对峙着，在它的眼里，人类没有了遨游天空的自由。这时，我倒觉得自己的可怜，羡慕这些乘风精灵的逍遥自在。

隔着不锈钢防盗窗，我冲它挥挥手，它倒显得非常镇静，不慌不忙，振翅一飞，轻轻地落在另一棵树上，而后又用圆溜溜的眼睛瞪着我。鸟儿好像知道我对它构不成威胁，渐渐地，变得活跃起来，轻快的身子在枝丫间欢快地跳过来，掠过去。

此后，每个清晨六点钟时光，我都能看见它孤独地站立在小树顶，朝着我家窗口拼命地叫："咦，铁姑娘，铁姑娘。咦，铁姑娘，铁姑娘……"每次我总在熟悉而尖锐的叫声中被吵醒。

这个早晨，它又悠然地叫开了，因为昨晚加班睡得比较晚，因此它的叫声让我有些恼怒。我气呼呼地，"咚咚"跑下楼，想赶走它。近距离发现，树枝的丫间有一个窝，窝内有毛茸茸的东西隐约在蠕动。细看，鸟窝中有可爱的鲜红小嘴从枝叶中伸出来。我仰头瞧它们，它们也伸出小脑袋，天真地瞅瞅我。我想鸟巢稀松垮塌，如何抵得风雨，因此动了恻隐之心，回家找了一个小纸盒，在里面铺了一些野草，然后放在防盗窗间，想吸引它们挪过来当窝，可鸟们依然故我，不睬不顾，拒绝领我的盛情，在树间晃来荡去。

从小在小镇上长大的我，对鸟并不陌生。那时，乡下人家前屋后，到处都是树，树上的鸟窝有时伸手可触。我家门前的大梨树上每年都有个大鸟窝，窝里每年都会孵出许多小鸟。每当树上那些鸟儿伸长脖子等待老鸟的食物，但久久不见踪影。母亲觉得这些鸟儿可怜，总会从自己饭碗里，拨下一些米粒给它们。因此，更多的鸟儿，在我家房前屋后，安营扎寨。

每年清明过后，当农人在一大片，一大片的水田里撒下谷粒，成千上万的鸟儿，聚集到一起大合唱。为了防止这些鸟儿偷吃播下的稻种，农人就会在每块田里扎上稻草人。这样，鸟们就干巴巴地站在岸边干瞪眼。这时母亲就会趁人不注意的时候在河坡或田埂边偷偷洒下谷粒，安慰那些守望的精灵。

鸟很有神性，更通人性，母亲经常这样对我说。蛇年的夏天闷热难耐，不喜欢吹空调和风扇的母亲，每日午后总是喜欢搬上小椅子，坐在巷子里吹着自然风，图个凉快。仲夏的乡下，夏虫唧唧，知了声声，阵阵凉风让母亲陶醉，她索性闭上双眼，打起了盹。迷糊中，母亲被一群叽叽喳喳的鸟吵醒，起初母亲不予理会，又沉沉睡去。但那只鸟的叫声分贝越来越高。吵闹声中，甚至带有几分恐惧，同时一个尖锐的声音最为急切地叫着："铁姑娘，铁姑娘，铁姑娘。"一只比麻雀大些的鸟，就是母亲所说的鹩哥，在母亲头顶上盘旋，这种鸟儿向来很有灵性，因此，母亲仰起头多看了它几眼，这一看，非同小可，母亲竟看到一条大人胳膊粗的蛇盘缠在老家二楼屋檐下，她的头顶之上，吐着长长的信子。母亲吓得魂飞魄散，鞋也顾不上穿，连滚带爬，向前挪去。刚起身，就听到"啪"的一声，这条大蛇，重重地摔在地上，白花花地窝了一地，像一堆乱麻绳，鸟们也一哄而散。说起这事，母亲至今心有余悸。

那日，母亲从电视中看到这样一个报道，监控录像回放这样一幅画面，一个老人突然倒地，一个个路人从老人身边走过，竟没有一个人将老人扶起。母亲叹说，人还不如鸟啊，鸟还知道救人感恩呢。

是啊，鸟儿也懂得关爱和感恩，它们有自己的生活方式，它们活得自由，活得快乐，人类在它们的面前，显得过于自私。它让人们明白，真正的快乐是怀一颗感恩的心，以及获得性灵自由。

方向

这是我亲眼见到的。

傍晚，在水乡的河畔，我看到了这样一幅惊心动魄的画面。一只不知名的鸟儿，嘴里衔了一根远远超过它身体长度的树枝，在低空中盘旋许久，猛然一个俯冲，挨着我的头顶飞过，那一刻，我甚至感觉到了它翅膀扇起一股劲风，撩动了我的发丝。当它掠过宽阔的水面时，惊起了一串水花，不过，接下来我看到了另一个情景，也许因为树枝太长，太重的缘故，它的身体渐渐往下沉。快抛掉树枝呀，我甚至用力喊出声来。鸟儿似乎没听懂我的话，更不领我的情。只见它两翅拼命一振，身体竟渐渐向上昂起，然后一个射冲，蓝天瞬间成了它的俘虏。

是怎样的倾国倾城一飞，不经意间竟飞成了绝唱。

物竞天择，适者生存。在大自然面前，一切生命都是那么的渺小，脆弱。有时候，它们又是那么伟大，坚强。活下去，本身就是伟大。只要是一个想生存的生命，无论怎样的条件，都要坚韧地承受。

据说鹰出生不久，便要经受母鹰的残酷训练，幼鹰一旦出生，就会一次次被母鹰从悬崖上推下去，经受翅膀折断，粉身碎骨的考验。幼鹰的翅膀，在经过了一次次摔打，一次次折断，一次次痊愈，才练就了坚不可摧的飞翔本领。它们一次次地，将自己置于死地，又一次次地，将自己拯救，让我感到生命的本质和生活的目标。

想起这样一首歌，也算得上鸟儿的内心告白：我是一只小小鸟，想要飞，却怎么样也飞不高。也许有一天我栖上了枝头，却成为猎人的目标，我飞上了青天，才发现自己从此无依无靠。每次到了夜深人静的时候我总是睡不着，我怀疑是不是只有我的明天没有变得更好。未来会怎样，究竟有谁会知道，幸福是否只是一种传说，我永远都找不到。我是一只小小小小鸟，想要飞呀飞，却飞也飞不高，我寻寻觅觅，寻寻觅觅，一个温暖的怀抱，这样的要求算不算太高。

虽然山高路远，但飞翔是鸟儿唯一的出路。它们在冰天雪地里寻觅食物，搭建鸟巢抚育子女，抵御风霜雨雪的侵袭，延续生命。不为别的，只为寻求到一份温暖，一份安宁。

为此，一根树枝竟可以让雨燕越过千山，飞过万壑，飞越辽阔的海洋，它的驿站就只有一根枝丫。它们嘴里衔着一根树枝，饿了在上面捕鱼，累了在上面在休息，困了就在上面打盹。黑夜，给了它片刻的宁静。枝丫，给它以温暖与安宁。翅膀，驮起前行的希望。生命的地平线，是飘扬的旗帜。

鸟类中还有一种园丁鸟儿，其体羽光亮，鸣声清悦，是鸟类中的“建筑师”。据说，雄鸟为了追求它理想的佳偶，而用树枝搭建一间精致的巢穴。而且，雄鸟会选那些颜色与雌鸟羽毛颜色相同的物件来做装饰，再寻找一些玻璃、瓶盖、纸片、破布、金属丝、彩色毛线之类的东西，把它添加到其精心之作上去，并用蜗牛壳、羽毛、花朵或真菌类植物等色彩鲜艳的小物品装饰其间。当巢穴完工时，雄鸟就会带雌鸟前去参观，用嘴衔着一些装饰物向雌鸟翩翩起舞，讨它的欢心。同时跳起优美的求婚舞，用嘴捡起各种精致的珍品让客人观赏。这种求爱表演一直进行到赢得雌鸟的爱慕。然后双双进入“洞房”，树枝上的温暖，筑就幸福的港湾。

其实，幸福美好，本身就是一种方向。鸟类不放弃对幸福生活的美好追求和飞翔的思想，它们历经世人所没有经历过的艰辛，最终抵达了世人难以到达的风景。

世间本无方向，无向而为向。当下，我们总是千方百计地找到自己，又将自己丢失。鸟类的生存方向，让芸芸众生的我们找到了自己。

牵牛物语

夏初时节，窗台上养了多时的矮牵牛，邂逅了阳光，蓬蓬勃勃，一团和气地盛开了。绿叶映衬下，它高举着岁月的火把，或娇憨、或妖娆、或淡雅、或孤傲，红、白、紫、粉，形色各异，舞尽风情。

人们唤它矮牵牛，也许因为它身形矮小的缘故吧。这些花自去年春天驻入我家窗台后，夏初开花，霜降过后，并相继萎谢。经过一冬的风霜雨雪，蓄积酝酿，今年春天又从土中探出了脑袋，冒出的新芽，颇像黄花菜，看上去弱不禁风，前后不过半个月的光景，瘦巴巴的叶子渐渐变圆，变绿。笔直向上的枝干，慢慢变粗。枝丫间相继抽出一个个新枝，渐渐枝繁叶茂，竞相吐蕊。

起初以为矮牵牛就是牵牛花。其实，与我小时候在乡下见过的牵牛花，既不同科也不同属，但彼此开的花都像个敞口的喇叭，花型极为相似。只不过牵牛花有着长长的枝蔓，在平坦的地方贴着地面生长，一旦遇到可缠绕的物体，就会竭尽本能，牢牢地抓住那些物体，寻找生命的支撑点攀缘而上，借势而长，风风火火地，青如翡翠，能长成数十米甚至更长。五片花瓣围在一起，花瓣尾端向上翘，柔腻无骨，像一只只小喇叭，人们喜欢叫它喇叭花。

因其型独特，花色艳丽，古人的字里行间，也多出了许多溢美之词。“银汉初移漏欲残，步虚人倚玉栏杆。仙衣染得天边碧，乞与人间向晓看。”秦观眼中，牵牛花是一位翩翩下凡的仙子。“素罗笠顶碧罗檐，晚卸蓝裳著茜衫。望见竹篱心独喜，翩然飞上翠琼篸”杨万里笔下，牵牛花像一位扶篱远眺的村姑。“圆似流钱碧剪纱，墙头藤蔓自交加。天孙滴下相思泪，长向秋深结此花。”林逋山的文字中，牵牛则成为一位多愁善感的少妇。

无论牵牛花在文人墨客笔下如何的美妙，物竞天择，适者生存，盛开是植物的本性。牵牛一旦遭遇风雨，或失去依附，并会匍匐于地，瘫软如泥，最终淡出人们的视线。而矮牵牛懂得有机地扬弃，努力进化，它兼具了牵牛的外形，健硕自己矮壮的体格，以独特的风貌出现在寻常人家的窗台上，甚至以主角的身份登上城市的景观廊道的舞台。它低矮的身姿，看上去比牵牛更多了一些风骨。

尽管它的名字比牵牛花前面多了个“矮”，没有牡丹的娇贵，没有芍药的妩媚，也没有莲花的高洁，每天只需要一点点水分，不需太多的阳光，太多的雨露，不卑不亢，努力地盛开。盛开的样子，极像随意写在天地间的狂草，涨满飞翔的欲望。怒放，绽开，决绝，是它们最接近自己本性，最接近季节的一种释放。

为了能和时光短暂的相遇，在没有波澜的生活里，矮牵牛立在窗台聆听岁月的风声，雨声，解读日月交替的秘密。懂得放下身姿，外表矜持，内心高贵，这何尝又不是植物生长的一种智慧。人有时缺少的也许就是这样的一种智慧和勇气。

矮牵牛的花语是安心。每每炎夏季节，我的情绪也像河里的水，迅速地上涨，而它则像个忠实的朋友，知我懂我，不离不弃，每天清晨第一眼就会看到它妩媚地开在尘世间的样子，倍感温馨，心也柔软下来，人也变得积极而乐观。家里开着这样的花就有了一份安全感，难怪在英国人眼里它有“镇静”的寓意。

花开有时，荣枯有序。从盛开到荼蘼，有多少的绚丽绽放，就有多少的凋零殒落。每到霜降来临，是花儿们作别窗台的时刻。“感时花溅泪，恨别鸟惊心”也许说的就是我和它。如果说怒放是生命之常态，是孤独季节之旅，是生死轮回的不离不弃。那么，这一生独自要走多久，才能说懂得。这一路又将要走多远，才能抵达希望的彼岸。

往往越是简单的东西越是深邃。活在当下，我们要历经多少风雨，才能领悟得透，连植物都明白的“今生今世不长好，明年明月何处看”的道理。花儿们让我们有所期待，即使凋谢了叶，枯萎了心，来年春天还会再开。它的智慧就在于让人不断进取，给人以生的希望。

玲玲的天空

清晨，阳光薄薄的、脆脆的，似层玻璃糖纸，透过温热的空气，甜蜜而芬芳，伴随着我们，对曾经接受捐助过的莘莘学子回访旅程。

一路的奔波，南京成为我们活动的第一站。午后的阳光在草木间散发着诱人的气息。大学校园内，林间树影婆娑，不闻人语，偶有鸟鸣，一群群学子穿行其间。很久没有见到这种茂盛与温润的样子了，寂静而肃默的学习氛围，正应了“小园香径独徘徊”的意境。

十年寒窗，金榜题名。面对高额的学费，有时理想、信念、责任，会在无声的黑暗中被吞噬。一年又一年，许多人用爱心和责任托起的助学行动，用阳光驱赶黑暗，点燃贫困学子心中那盏希望的灯火。如今，分布在世界各地，曾受资助的贫困大学生，有的学业有成，出国留学或读博读硕；有的事业有成，成了公务员或国内外各行各业的精英。当我们再次见到活泼健康，快乐阳光的他们时，不需面朝大海，就早已春暖花开了。

同一片蓝天下，幸福的家庭各个相似，不幸的家庭各个不同。命运之神并不眷顾每位学子，当绝大多数少年在父母的羽翼下，百般呵护，尽情享受快乐时。却有人过早地经受艰难困苦的磨炼，饱尝人生的艰辛。令人憧憬的大学生活，对于他们来说成为一种奢侈。

3 岁那年，灾难就如影随形玲玲左右，妈妈在泰州运黄沙时，因撞船事故船沉人亡，从还没有记忆的她视线中消失。没了妈妈的玲玲，生活裂了一个大大的口子。

既当爹又当妈的爸爸很疼爱玲玲，然而幸福总是那么缥缈和短暂，有时让人怀疑它似乎真的来到过。7 岁那年，爸爸意外中毒，命运又一次无情地夺走了玲玲的爸爸，没有了爸爸的玲玲，一夜间成了漂泊的浮萍，没了根。

受爸爸去世的打击，奶奶又中了风，似一片枯叶粘在床上，每天只能靠药物维持生命。屋漏偏逢连夜雨，紧接着的一场大火几乎把玲玲家房子烧光。生活的残酷，将童年生活的意志消磨殆尽。

草木之人，浮世一生，唯亲情母爱最重。招婿在外的叔叔，毅然担负起抚养玲玲的责任，然而灾难再次降临，帮人家开货车的叔叔，又因汽车爆胎翻车，车毁人亡。一连串的灾难，使本来不富裕的家债台高筑，年迈的爷爷种几亩薄田，聊以度日。家庭的重担成为压弯爷爷的“最后一根稻草”，爷爷终于积劳成疾病倒了。

瘫痪在床的奶奶，面容枯槁得像一颗核桃皮，不日也追随爸爸而去了。苦命的玲玲想：奶奶要真是核桃多好，最起码核桃掉在地里来年还会发芽，而奶奶再也不会回来了。面对一个个亲人的离去，玲玲的心苍老复加，真的希望爸爸妈妈还有奶奶，如果有来生，都远离人世间的苦难。

玲玲爸爸和奶奶的后事，都是沿海村七组村民和亲戚捐款料理的。那年，玲玲高分考取本省一所重点大学。接到通知书的玲玲既喜又忧，彻夜未眠，这时，人民医院院长带着行李箱和现金来了。市、镇妇联的阿姨顶着酷暑来了，省市媒体也向玲玲伸出援助之手……

玲玲是含泪讲完这些的，我们也是流着泪听完这个故事的，摄像记者的手在轻轻颤抖，我也陷入深深的自责中去，也许是我们又一次碰痛了她的痛苦。在后来的采访中，我一直不敢去问及其他孩子的过去，我怕一不小心，刺伤他们曾经的伤痛和一颗脆弱的心。

这里我想对他们说：孩子别哭，生活中除了有风雨、霹雳，别忘了还有雾霭、流岚。阳光总在风雨后。

除了看得见的学费，在人生词典里，有两个词一直照耀着玲玲前行的道路，那就是：感恩、拼搏。助学活动给予了玲玲最宝贵的东西——爱，而来自社会的爱心，就像这些学子人生道路上的开关，轻轻一按，他们便来到光明的境界。

玲玲学的是气象专业，志向是报考国家公务员，玲玲在校的学业优秀，学习之余还勤工俭学，大二已入了党，还是优秀团干部，年年拿奖学金，她积极向上的人生态度，让我们感动，欣慰。玲玲脆脆的名字与温婉的性格，正暗合了此意。

一份阳光的事业，就能燃起人生的希望，仿佛沙漠里的一泓水，滋润了干涸的心灵，让这些优秀学子知道如何反哺家庭，回报社会，学会自尊、自强、自立。

一个美好的期待，一份爱心的传承，我们无法拒绝。这，也是我们乐此不疲的理由。

在城市中游走，那些积极向上的学子，影子一直在眼前闪现，人生的况味，也随之扑面而来，思绪在一次次感动中沉醉，夕阳像绽开的雏菊，闪现着光华，天空特别的蓝，白云特别的静，经过时间的浸染，从凝固的时光中走来的我们，为自己找到了下一个行走的方向，温暖的气息一下子在心灵深处扎下了根，静静地等待枝繁叶茂。

午夜风景

腹中突然唱起空城计来，这时才想起，单位加班，一天早已结束。早春的寒风，缱绻着，飘飞的发丝，我双手插入衣袋，将头深深地埋进竖起的衣领，沿街信步去找家小吃摊，赶个午夜场，聊且安慰一下辘辘的饥肠。

姐，我们是从外地来打工的，还没找到工作，钱花光了，可否给点钱吃晚饭。一个沉闷的声音，仿佛从遥远的天边传来，扭头看，一对年轻男女紧跟在我身后，女子轻轻地拽我的衣服，男的低声嘀咕。

这类情况已不是第一次遇到，每次都近乎同样的语言，甚至于表达方式，都是差不多一样，但不管怎样，舍弃一切犒赏，就舍弃了一切折磨，我都宁可相信他们的话是真的，活在当下，人与人之间，虽已存在信任危机，坚信这样大冷的天，谁也不愿意丢掉尊严，轻易向别人伸手。

女子面貌姣好，男子敦厚老实，看样子是一对外地人。走吧，我请你们。我随和地指着一家商业大厦门前的饺子摊，对年轻夫妇说。

广场的一角，支着四根竹竿，盖上一块油布，并撑起一个既遮风又挡雨的饺子摊，里面摆几张八仙桌，周围数张小马扎，油桶做的铁皮炉上，支着一口大铁锅，红红的火苗舔着锅底，白花花的饺子，在锅里上下翻腾，面前的一切，让我周身有了些许暖意。

小小饺子摊，在闹市区繁华渐渐淹没时，却显得格外的惹眼，招摇。这样的小摊，为了躲避城管，白天定是不可能营业的，虽是午夜，客人还是不少，几张小桌坐满了人，几个汉子还就着饺子喝起酒来。

饺子摊的主人，是位五六十岁模样的大娘，见到我，她习惯地端起竹筐，往大铁锅中抛下一份饺子。我说，三份。她不解地看着我，我朝桌旁这对夫妇呶呶嘴。她问：你什么人？我答：朋友。她低声说：得了吧，这几天，我在这里天天见着他们。

莞尔。因为只要平日里加班晚了，我总会来这里，和大娘已算老熟人了。问她，天这么冷，年龄这么大了，为何不歇工。她说，闲着也是闲着，在街头开饺子摊，已有几十年了，街坊邻居，每天都会定时来这里吃她包的饺子，有几天感冒没出摊，好多人电话打到家里查点呢。

满足和自豪写在大娘的脸上，她低头用笸篱，在锅里搅动，恨不能一下子将生活的本质全打捞出来。也许在这里久了，街坊邻居，认识的不认识的，谁也离不开谁了。

我双手拱在胸前，围着锅台不停地跺着脚。

人生有一双手，只要活着一天，绝不想成为别人的负担。她接着说。

重新盖上锅盖，她说，别急，饺子再在锅中养一下就好了。煮饺子很有讲究，要敞开锅盖煮饺皮，然后盖上锅盖煮饺馅。起锅之前，再揭开盖锅，兑三次冷水，这样煮出来的饺子，不但不会破皮儿，而且还鲜嫩可口。

面前的身影，突然变得熟悉起来。哦，原来大娘的背影，很像我逝去多年的外婆。儿时的我，是最喜爱吃外婆做的荠菜饺子了。每到春季，外婆都会踩着小脚，挎上小菜蓝，一步一踹地到田间去采撷荠菜，回家和上鸡蛋做成饺子，那味道至今留在记忆里，挥也挥不去。

再次揭开锅，锅中冒着白气，饺子像一群小鸭，欢快地渡到锅边。像一条条小船从锅底泅上锅面。更像一朵朵刚刚绽放的白玉兰花，对我张开一张幸福的笑脸。这一幕美得惊心。

刷，刷，刷，三只碗，像三朵洁白的花朵，立时绽放在眼前。葱花、蒜泥、味精、辣椒、麻油相继放在碗里。兑上开水，笊篱在大娘手里挥舞。瞬间，碗里就盛满了一个个洁白鲜活的饺子。大娘手一挥，仙女散花似地，一撒，碗中缀上了绿花花的香菜。

来了，孩子们，吃啊，快趁热吃。大娘说。

我将碗推到年轻夫妇面前。也许，我和老太太的对话，他们二人早已听进耳里，夫妇俩面面相觑，搓着手，连身道谢，很不自在的样子。然后，低头各自默默吃着饺子，想着自己的心思。女人抬起头，对男人说，明天我们回家吧。

天上，一颗颗闪亮的星星，有如一双俯视尘寰的眼睛，我知道，它一定被这样的情景动了情。璀璨的夜晚也有熄灯的时候，唯有一盏灯，亮在心灵深处的暗角。

第二辑　道在日常时时新

我们在寻求突破与改变的过程中，让司空见惯，循规蹈矩，有了一种新鲜的感觉，有了一个颠覆性的姿态。从而让我们的写作，焕发新机，充满期待，重整江湖。

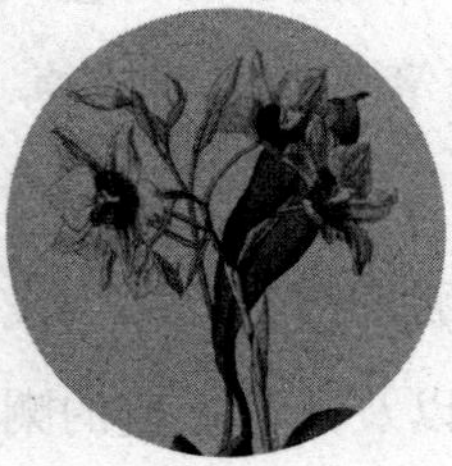

邂逅一朵花

知道它叫凌霄花，是那年在扬州瘦西湖边，一棵半个身躯的枯树上，一茎藤蔓攀缘而上，相互缠绕，栉风沐雨的样子，瞬间给了我心灵蓬勃生机的神性。以至于多年之后，每当走在城市的街头，偶尔发现哪户人家墙头，探出一朵这样的花来，我都会多看它几眼。

也许世间所有的相遇，真的都是久别后的重逢。读书班社会实践课，两下扬州，再次邂逅它，就像遇见一位多时不见的老友，无论我在与不在，它都在默默地坚守，静静地等待，惊喜之余，心生感动。

穿过湖畔的千条杨柳万丝绦，在小金山的南门，亭台楼阁，曲径通幽处，记忆中的这棵枯萎的银杏树干中，依旧藤蔓交错，蓬蓬勃勃开满一树的黄色花朵。灿烂的色彩中，淡淡地洇开丝丝淡红，这样的着色风格，既有梵高笔下的无拘无束，轰轰烈烈，又有莫奈笔下的风姿绰绰，柔情万种。

簇拥在四周的那些锯齿似的，貌似菊花的叶子，翁郁碧翠，绿得发黑。它们心甘情愿托举起那些欲开未开的花骨朵儿，以及开得正盛的喇叭似的花们。花们则似无数披红挂绿，攻城掠地的勇士，沿着被劈成两半的银杏树，向上攀升，一簇簇，一串串，或三五成群，勇往直前，高悬到半空中去，缀成挂满枝头的风铃。于是，它们在我眼里，立时多了几分血性，风风火火，前呼后拥，得以与星月为伴，和太阳媲美，舒展着它的似水年华，氤氲了人间九月天。

面对这样的场景，我们也许并不知道，枯银杏树，巨人似的肩膀，默默擎起花儿，凌云而上，气冲霄汉，需要多少的牺牲精神，需要多大的勇气。依然是导游告诉我们，原本这棵唐代银杏树遭雷劈后，只剩下枯断的树干，可能是风吹来一粒凌霄的种子，或是鸟衔来一颗凌霄花籽，掉落其中，发芽生根，沿着枯木，攀缘而生。每当春末夏初之时，劈纹流畅，繁花似锦，绿叶蓊郁，恰似枯木逢春。

多么随性的一种花，野生的，甚至来历不明的，大大咧咧的，连导游讲述它时，也是轻描淡写，漫不经心的样子，也许它天生就有抗击打能力。无须浇水培植，光阴里，给予一丝阳光，它就会灿烂。

早先读过一位诗人的作品，她不愿做这样的花儿。诗人认为，凌霄花一厢情愿地攀附于别的物体之上。只有攀附在高大阳刚的乔木，或别的物体身上，才能活得精彩。我却不这样认为，因为树有树的理想，花有花的尊严，它们或许都有自己活着的理由，都有自己成长的目标。它们知道，只有相互提携，才能共同成长。

由此想到，那日朋友圈看到的一篇文章，一位身体矮小残疾的青年男子，从小立志，刻苦学习，一步步经营起一家互联网公司。在一个女子的关爱帮助下，最终获得成功，并得到这个才貌俱佳的女子的爱情。如今，他们成家生子，婚后，互帮互携，互敬互爱，共同进步，家庭幸福，事业发达。

他和她，多像凌霄花和银杏。其实，我认为，只要可以，相互成长，搀扶，又有什么不好的呢。这里我要为凌霄花正名，为银杏树欢呼。也许正因为相互依存，才成就了彼此。这何尝不是一种积极的人生态度。生活中的我们，何尝不需要这样一种朴素的慰藉，或者是精神的支撑，一起去担风雨，共享阳光，走过漫漫人生路。

“道”在日常时时新

夜读国学，不知从何读起，索性以无为而为的方式，细读细品。煌煌十二“道”，字里行间，究其一个“道”字，芸芸萃萃，睿智奇崛，如聆黄钟大吕，铿锵悠扬，余韵不绝。正如老子所说的“道可道，非常道”。“道”在日常，贵在时新。

“道”是眼下看得见，摸得着的一种表现方式，生活如此，读书如此，为文同样如此。时下产生重大影响的是日常的，哲思的，给人启发，勉人向上，令人耳目一新的文字。前些时日，读金宇澄先生的小说《繁花》，这本获得茅盾文学奖的经典之作，透过都市繁华，十里洋场，却又饱经风霜的国际大都市旧上海，作家按图索骥，说文解字，让城市里的一草一木，一丝一缕都咀嚼出故事来。从小弄堂，老电影，旧码头，这些既熟悉又陌生的名字，也可能是所有老上海人对这座城市印象的素描中，我们看到旧上海的百年时光，在这座城市身上留下的深深的印记。

中国的哲学，就在重视日常，重视生活，重视生活的珍贵。多年来，金宇澄先生到茶楼小巷，听上年纪的老人述说有关上海最有质感，最有烟火味道的故事。然后用人人能懂的江南语态，优雅之野心，用散文化叙事这种新的手法，写出当今几乎不可能出现的文体，书中一万个好故事，争先恐后冲向终点。

“道”在日常，看似轻描淡写，却在憧憬一个“新”字。一些生活气息，文字风景，无疑是一缕清风，习习吹来，令人神清气爽。若一轮明月高挂，令人心静神明，为之一振。这就好比我们居家过日子，在波澜不惊中，总在试图改变什么，哪怕是换一个窗帘，或者换一下家具的位置，都会令人耳目一新。

当生活陷入一种定势，写作进入一种常态，或者被长期奉若神明，导致审美疲劳，或者陷入一种机械惯性，再也激不起一点涟漪时，我们不妨尝试将那些背光的东西放到阳光下，发掘真实的生活，寻找生活的新鲜度，刺激性，陌生感。让司空见惯，循规蹈矩，有了一种新鲜的感觉，有了一个颠覆性的姿态。从而让我们的生活，让我们的文字，焕发新机，充满期待，重整江湖。

秋韵和声叩帘栊

秋，穿越了夏的炽烈与躁动，踩着岁月的鼓点轻叩帘栊，瞬间挤满大大小小的屋子，大地在暖暖的风里，渐渐泛起暖色的金黄。

恰天高云淡，裁出一段秋风，挂上衣角，飞上眼角眉梢，撩起出门赏秋的兴致。于是，捻着一片秋意，行走在乡间的青石路上，在渐起渐落的音符里，律动成两个字的小令，悦耳，动人，风情。

秋风染黄了梧桐第一枚叶片，默默地挥别还在浓绿的众兄众弟，挥别给予它生命的枝头，在风中，打着旋儿，寸寸陨落。积雪草密密匝匝地，铺满一地。络实在叶藤上，悄悄结着珊瑚珠般的红果果，或许俏皮了，攀爬上那些水边虬曲的香樟树干，一路绿到了树梢。暖阳笼罩的秋，只是颜色显得暗沉了些，却更浓厚了。绿到成靛，似要倾吐出些蓝出来，风一吹抚，才瞬间染上一层胭脂色，流光里，它如一只金色的蝶，凄美地划向大地，那红色，似能滴出血来。秋，便在另一枚叶片老去的光阴里，渐渐延深。

总以为秋风之后，那池莲早该辞岁，却不料，烟雾氤氲之下，荷花虽开得颓败，减色不少，却依旧有莲叶田田。倾身去闻池塘里由荷长成的莲蓬，一缕残香，淡淡地，在风中弥漫。那莲未开时叫荷，含苞欲放时称之为荷，开得大方起来，开得绚烂起来，开得肚子微微隆起，便叫作莲了。荷是姑娘家，如今荷长成了莲，想必莲就是许了人家的少妇。赏尽繁花，赏尽妩媚和矜持，褪却光鲜后渐成的枯黄，却寓了一种禅意。那是静美，是被岁月涤荡后从容的心境。

荷与莲其实也都是一体，只是身份不同罢了。莲比荷多了份沧桑感，所以她是有心思的，没人能懂，只默默把那份沧桑刻进了骨子里，由不得她不成长。那份成熟的韵味之美。是一种清冷的快感。此刻若是和着江南丝竹，泪便会落下来，心窗被叩开了，彻彻底底，能看到水下藕样的影子。

水边栽的垂柳，和“岁寒三友”松梅竹相比，垂柳好像不被文人墨客们看好，还在没心没肺地绿着，然而绿得很经典，或翠绿，或淡紫绿，让人想起贺知章的《咏柳》：碧玉妆成一树高，万条垂下绿丝绦。不知细叶谁裁出，二月春风似剪刀。写的是早春二月的柳，碧玉在古代文学作品里，几乎成了年轻貌美的女子的泛称。这秋天的柳，依然是碧玉妆，绿丝绦，端的是一位千娇百媚的迟暮美人。偶尔打这经过，看翠绿的柳枝轻拂，再阴郁的心情，也会豁然开朗。

桂花是最不张扬的植物，大小适中，终年常绿的叶，永远葱郁一树。而那花，也是小而零碎，素嫩的黄色，虽有金银丹桂的区分，而颜色或有深浅，但是，遥望去，依旧是一树绿色。沁人心肺的香气却不断溢出来。想来它不开花，不带香气时，默默地伫立在道旁屋后，谁会去注意它，谁会去夸奖它呢？月季依然饱满鲜艳，花香袭珠帘。鸡冠花还在悄然地开放，大朵，大朵的艳红，俗也可耐。草丛里的薄公英，储满一仓洁白的伞，正等待着丽日下启程，飞向比远更远的远方。

水稻和玉米在温和的润泽里，悄悄地成长。那棵矮胖的老树上，结着今年的柿子，像一盏盏高高挂起的红灯笼，将日子照得透红透亮，活色生香。那份喜悦的脸红得又像一个待嫁的新娘，一生一世都结着低调的果实，心中一直掩着一个宝石的梦，笑而不语。目光似暖暖的秋阳，纯粹、干净、不染半点尘埃。于是懂得，无论岁月沧桑，心中都应有信念。信念是生命中的太阳，心中有个太阳，才可以承载灵魂的信念，心才会有方向。

想起每年金秋赏桂的时光，都会约三五知己烹茶煮酒，吟诗唱曲。风起处，叶落潇潇，知名的不知名的花絮，落了一头一身。然而，谁也不忍心去将它拂落。因为四季的变更，生命必然的存在，多么自然的事情，所以秋的季节道是无情却有情。“自古逢秋悲寂寥，我言秋日胜春朝。”看看人家古人刘禹锡心态多好！难怪他长寿。

沧澜之下，霜叶点染，兼层叠娇花嵌缀。本是秋阳无奈时，却惊醒十月小阳春。双双燕剪柳，对对莺泣花。地上虽铺开一片青绿，却绵延浅淡，秋韵无边。季节从容的容颜里写满的是没有一丝矫饰的纯真。薄如蝉翼的花瓣脉络里，流动的岁月，从眼角浅浅溢出，在一双布满皱纹的手中，握着比磐石更坚固的信心，枯黄咀嚼起来，不只是涩一种味道。

拄杖而行，身边那个人永远是最冷时的温暖，只是阳光灿烂时，被我们忽略。坐在花瓣上看世界，一切只是擦身和携手两种。从擦身到携手，只走过花开的一季，而枯黄到凋零，才是携手走过的岁月。

一样花开为底迟

冬日里，忽闻得“噗哧”一声轻笑，窗台上的水仙花开了。整个世界，一下子清亮起来。闭上眼，似乎还能听到一些秘密的细语，是花儿之间的对话吧，要不，怎么我一句也听不清晰呢。

阳光中，有种诱惑在招手。水仙次第舒展着曼妙的舞姿，缓缓地，一朵、两朵、三朵，挤挤挨挨、相亲相爱地绽放。雪白的瓣、鹅黄色的蕊，冰肌玉骨，宛若古代众多好看的女子，疏野淡泊、笑靥盈盈。在绿色条状叶子映衬下，亭亭玉立，娇娇的，羞羞的，让人在感受美丽的瞬间，领略它“可远观，而不可亵玩焉”的骄傲与高贵。犹如晨曦淡淡托起的云雾，空蒙微雨沐浴的青池；似入竹飘零的水滴，恬静而平淡，高雅而闲远。它浮坠延延，似山，而仁、而静；似雾，而幻、而迷；似雨，盈盈而哀婉；似情，销魂而黯然。仿佛春水碧帘，阆苑仙葩，完美无瑕，令人魂牵梦绕。

冬日在古人眼里，向来只有枯藤老树昏鸦，是百花枯谢，冷落萧条的季节。而在寒冷的枝头，痴痴缠绵的，唯独水仙和梅花，它们谁是兄谁是弟，谁是姐谁是妹，也许它们是前世就约好的一对亲兄妹，不盛开在万紫千红的春天，百花齐放的夏天，层林尽染的秋天，似一个小精灵独自与雪为友，与梅为兄，是因为冬的寂寞？还是因为冬的那份深沉？抑或是为了一份守望？热情的外表，掩藏着这个季节怎样的深情？剔透的完美，又经历了怎样漫长冰冷的心路历程？

有着六个花瓣的水仙，仰着一张张笑脸，幸福地开着，晶莹剔透，临窗而立，截留一些易逝的时光，网住从身边而过的易碎易逝的事物。于是，岁月的涛声洗净洗亮了日子，日子也找到绿为依靠。它召集云中白鹤，获得鸟语，冬日的风雨在它的枝头停留，从而获得风声雨声。整个季节的风景也尽收眼底了，它坐看云起，宠辱不惊，有着“风萧萧兮易水寒，壮士一去兮不复返”的执着；“已是悬崖百丈冰，犹有花枝俏”的坚毅；“江上清风，山间明月”的恬静；“采菊东篱下，悠然见南山”的释然，是“知我者谓我何忧，不知我者谓我何求”的独白；“小舟从此逝，江海寄余生”的超旷；“人生得意须尽欢，莫使金樽空对月”的潇洒；“相看两不厌，只有敬亭山”的隽永；“此水何时休，此恨何时已”的愁绪；“人面不知何处，绿波依旧东流”的怅然……

水仙花素洁清雅，超凡大群，历来被人们称为“凌波仙子”，那“含香体素欲倾城”的香姿，“不许淤泥侵皓素”的品格，“不怕晓寒侵”精神和只凭一勺水几粒石，生根发芽，迎春开放，深受人们喜爱，视为吉祥如意，和平友好的象征，千家万户不可或缺的“岁朝清供”的珍品。难怪清朝康熙皇帝也不禁赋诗称赞曰：翠帔缃冠白玉珈，清姿终不污泥沙。骚人空自吟芳芷，未识凌波第一花。宋王充道送黄庭坚水仙花五十枝，欣然会心，为之作咏“凌波仙子生尘袜，水上轻盈步微月。是谁招此断肠魂，种作寒花寄愁绝。含香体素欲倾城，山矾是弟梅是兄。坐对真成被花恼，出门一笑大江横”。

葱绿在冬季的水仙，是文人笔下的诗篇，是画家笔下的烂漫，不为春而艳，不为冬而枯，独开一处，傲骨风寒，与雪齐美，与梅齐艳，不为冬日里孤独憔悴伤感，不为独依凭栏，孤琴灼阑而泪溅残月边。它以微笑面对严冬，犹如贺兰山缺片片飞雪，又似静观云海彩霞飘天边。婉约如笃、柔情似水，送走寒冷的冬天，情感潺潺，随风飘逸，迎接明媚的春天。

对雪与水仙有着共同的愁绪叠匐与怀念的我，常昂首寥发感叹，想念一场雪，几相思成疾。昨晚天空竟然洋洋洒洒飘起了雪花，多好啊！盼望已久的一场雪，静若处子般，翩然来到这个思念的季节，了却多少相思。水仙迟迟不肯开放于其他季节，或许它与梅雪本就相约好的，原来它们都是属于这个岁寒季节的花啊！此刻明白了，水仙花与梅为伍，雪为伴，是因为它们都在信守一份诺言，完成一场等待，都有着共同高洁的品性罢了。

有些花尽管开在万紫千红的季节里，当它们一旦掉到地上很快就枯槁，精神也就没有了。水仙却不同，即使凋零了，重新回到黑黑的球球里去，来年又会势如破竹，以石天惊的姿势开在尘埃里。也许早已将一世的轮回了悟得如此透彻，因此才会坦然中彰显极致，淡然中蕴涵淋漓，将生命中一切的凝涩与矛盾化开，成为一片甜润的音符，让冬日独自在绿色里振翼。

大凡世人所追寻完美就是这样的，不是企图从对方索取，而是默默地为对方增色添香。它们是妙墨酌染经典，精笔锤炼的璀璨，是游子漂泊的迁客，眼眺余晖，寥廓悠悠的无边天空。阳光洒下斑驳的一地流影，水仙花没有奢求，只将其香慷慨地奉献给冬天。

匆匆过客，你要走吗？那就请摘一朵水仙花吧。也许它配不上你的风采，但你采摘它，你就记得了今天的意义。虽然它颜色不深，香气很淡，但它是冬季这绿海里的星星，闪耀着自已的光华。我们做不了牡丹不要紧，做不了玫瑰也不要紧，但却是可以做一朵最雅致的小花的，比如水仙花。

生命 生活 生存

生命其实就是树。

在浩如烟海的生命历程中，无论是一棵长在山顶上的树，或一株崖顶上的草，树再高，草再茂，终究会与山脚下的树、涧底里的草一样逃不出荣枯生灭的自然规律。

凡是树，就会努力生长，凡是人，就不会无端堕落，无论是西湖沙堤如烟的柳树，还是佛家偈语中冠盖如云的菩提树，那些微笑，那些爽朗，那些高傲，都是天地之间的另一种颜色和性格。

它们演绎着生命的两种不同取向：生活与生存。

生存的树不同于生活的树，它们向往生命的高度，更能体现出生命的尊严。它们独守旷野的落寞，将惊人的美丽、执著、倔强，融入蓬勃的绿荫，燃烧在天地之间；它们与大漠瀚海相伴，在水草丰茂之处流连。虽枝丫相触，根脉相连。它们间却没有太多的是非和说不清道不明的拉拉扯扯，没有太多的勾心斗角和朋比为奸，也不会为了占有一丁点的蝇头微利，一丁点的风光名头，从而搅得内心不得安宁。

对于这个世界，它们是只懂得体悟内心真实的哑巴。生命中有太多的风雨、雾霭、流岚要去抵挡。生存中有太多的困难，太多的诱惑去抗争，为了明天有尊严地活着。

它们无心留意那些狗苟蝇营，鸡毛蒜皮。它们在搬运内心的石头。

即使岁月轮回，冬去春来。

它们相互独立，又互相成就。

因此，在花草繁秀的天地间，凡是树，就有树的风姿，树的妩媚。凡是人，也该有树的温暖，树的坚强。

生命的过程中，总有这样的事情让我们感动。它可以是一朵花，一棵树，一束阳光，一次偶遇的桃源风景；也可以是一首诗，一本书，一幅画，一次念人难忘的午夜场；甚至是一句话，一个眼神，一个微笑，一次无私的伸手相助。

而生活的意义，在于不断有新的惊喜，不断创造新的价值，不断用文字为生命取暖。

人生一世，草木一秋。想到人生的虚无苦短，想到花儿将会像秋草一样萎谢。如此，我们的每天都是全新的，每天都充满着阳光。在诗情画意中，我们许多恼恨和烦忧，皆渐渐淡成背景。

生命之所以美丽，是因为它在有血有肉的过程中。生活之所以多姿多彩，是因为我们始终高扬起一个美丽的主题。美丽之所以永恒，正在于生命的底蕴中，始终流动着人类对世界最纯粹的良知和渴望。

世间，没有比文字的魅力和灵魂的安静，能够使人更高贵，更脱俗了。

生命是一种进攻，生活是一种进取，生存是一种拼搏。

还生命以过程，还生活以风景，还生存以价值。

于是，生命因努力而存在，生活因美好而多彩，生存因美丽而永恒，这是一个连上帝也祈求的统一。

平行的风景线

一阵紧似一阵的风，昼夜不舍地吹，寒冷便一下子逼近，阳光还没来得及转身，岁月就一下子失去耐性，像个粗暴的汉子，狼奔豕突般驶过，将时光撕成碎片，从蓬勃到萧条，仿佛就在瞬间。太不寻常的气温，使树上叶子凋零的步伐不断地加快，一夜间，苍穹宇廓下，满街满地，躺满一地的树叶。

十一月，岁月的车辙已延伸到天的尽头。乍回首，离开起点已经很远很远。昨日还是秋阳爆裂，今日已冬意浓烈，转瞬间，又有明星跳楼，昨日还是歌台舞榭，今日亦已阴阳相隔。想起这样一句话：生命可以被想象，但不可以被割裂，也不可以被复制。

十一月，已然站在岁月的尾巴上，当风从背后阴柔地吹乱我们的头发和身影，同时也吹开了人们包裹得严实的心思，也吹来许多关于凛冽严冬的信息。时光还在不断地播种，我们却觉得碌碌无为，颗粒无收。在生命历程中，我们总在追逐，想留下生命的痕迹。然而，我们发现，混沌中的时光，撕扯得人日不息，夜不宁。记忆的背景早已荡然无存。

十一月，已然站在冬的风口，由不得你不成长，不成熟，更由不得你的步伐从容不迫。在季节的面前，我们显得慌乱，甚至有些狼狈。烈烈风中，我们只好裹紧衣服，埋头行走，走过林立的高楼，踏过流动的污水，头顶天空流浪的云朵，面对城市角落里荒芜杂草和断壁残垣。朝前看，原来，眼前还存在着一棵棵飘绿的树。偶然发现，我们的信心从来比不上一棵树。在顽劣的秋风中，因为没有因一场迅猛的风，以及强烈的降温而使它们失去暧昧的春色。只有这些树，尽管长老了偶犯糊涂，但睡过去了，来年又会重新吐绿。难怪隔壁大爷时常对我说：人不如树啊！一棵树，让人对时间重拾信心。也许这些树才能成为我们记忆的依赖，成为生命和时间的见证。

十一月，是个慵懒的月份，多少有些仓促。它像条平行线，快乐和忧伤就这样匆匆走过，有时候，感觉和行动好像是约定俗成。某一天，我们的盼望竟被日子肆无忌惮地更改，不断地刷新，少有被物纠缠，也少有纠缠于物。物物而不物于物。岁月的羽毛上，我们眼里看到的是不同的风景。

十一月，岁月的尾巴又在彼端招手，稍不留神，就会一下子跌进事先安排好的结局中去。这条短小而狭窄的尾巴上，温暖已经残留不多，所以我无比小心地，怀着一种局促的神情，仰望着这个结局。喜欢的，不喜欢的，都如影随形而来，一切终究无法预料。

在这个平常得不能再平常的日子里，我们半盏茶，一炷香，几本线装书，便让时光刻进了岁月的掌心里。假如我们有了先见之明，去安排生命中的一切，就失去了等待的兴趣，我们宁愿在等待和希冀中前行，尽管局促不安，因为有了等待才有希望。我们在期待中守望，在守望中期待，在绝望中希望，在落寞中遐想，因为期望着希望，纵然苍老也不绝望，就这样，在等待中让日子平平淡淡地流走。

第三辑　希望在梦的边缘

路，渐行渐远，目光，一点一点地，从儿子身上剥离。残阳瑟瑟，倦鸟归巢，忧伤凝结着的木槿花，在日子的黑洞里，燃烧着忧郁的生命，轻愁如织，在枯寒的枝头缠绵。

哑爹

清晨，太阳刚刚露出笑脸，晏溪河畔，王家巷一户人家的房顶上，出现了一个被阳光照得通体毛茸茸的怪人。这个浑身结满冰霜的人，以郑板桥倒骑毛驴的姿势，高高地架在屋脊上，一动不动，像尊活菩萨。从骨架看去，这是一个上了年纪的人。这个人带着这个冬天的寒冷，瑟瑟抖动着两条枯木似的细腿，周身散发出一股透骨的寒气。

快下来，危险。一个歪戴着帽子，穿一身城管制服模样的人，朝屋顶上的人大声叫喊。谁知，城管的话刚出口，就被周围隆隆的推土机声压了下去。房顶上的人，看到檐下朝着自己大吼的城管，还有张牙舞爪的推土机，猛地跃身立起，用手指着城管，嘴里呜里哇啦，说着人们不懂的语言，原来是个哑巴。

村里人都叫哑巴为哑爹，哑爹家的房屋，是那种正宗的青砖灰瓦，墙立马头的四合院。只听说他家的宅子，传了一代又一代，至于是哪个朝代的，无人知晓。有人说宋代的，有人说是明末清初的。但不管是哪一朝一代的老宅，都被市里搞旅游景点开发，征了，给予一定的补偿，准备拆了，建游客接待中心。这事儿尽管没人告诉哑爹，但从小先知先觉的哑爹，还是知道了。哑爹从小并不哑，两岁时一场高烧过后，就什么也听不见了。

此刻，人们从哑爹声嘶力竭的叫喊声，听出他的指责和气愤，绝望和无助。然而，城管见到哑爹的乱叫，觉得好玩，笑得前仰后合。哑爹见了，更加气愤，他挽起袖管，挥舞着双臂，像一根等待点燃的炮仗，随时都会爆炸。

推土机以摧枯拉朽式的速度，迫不及待地开进每家每户的庭院，青砖瓦房一下子失去了往日的气宇轩昂，瞬间变得粉身碎骨，结束了村里人赖以安身立命百年使命。人们一边忙着大箱小包地往拖拉机或木板车上搬家什，一边揉着发红的眼睛。是风大，沙子吹进了眼睛，不过，外面压根儿就没有丝丝的风。

前后不过一餐早饭的功夫，村子已七零八落，变成一片废墟。最后，只剩下哑爹家的房屋，孤零零矗立在那儿，显得非常的突兀。

僵持了半天的推土机，终于失去了耐心，像一个撒泼的疯婆娘，横冲直撞，长驱直入，先是推倒了哑爹家院墙，接着伸长手臂，稀里哗啦地，张牙舞爪，摞下一院落的残砖碎瓦。天井里曾经大朵，大朵地，盛开过荷花的荷花缸，瞬间披上一身灰蒙蒙的泥土，变得颓唐委顿，支离破碎。向来温文的小猫和听话的小狗，看着戴大盖帽的城管和陌生的推土机，突然间变得急躁起来，上蹿下跳，乱抓乱咬。尘土飞扬处，屋脊上哑爹的脸，一下子变得刷白，身子渐渐瘫软下来，“哇”地一声，一注鲜血从口中直直地喷出，冲向天空。冻僵了的身子，“咕噜噜”从房顶上滚了下来。

出人命了，这日子还让不让人过？人群中，一个灰衣白发老人一声大吼，飞身接过哑爹，有人认出，老人名叫阿庚，是个聋人，哑爹的发小。

哑爹失去了赖以生存的土地，成了城市的一员，一夜之间，头发花白，人变得木讷而沉郁，老去许多。虽说他搬进了环境不错的拆迁安置房，小区里也长上了绿树，但那些树只是安慰那些失去土地的浪子的装饰。哑爹在阳光房内种上了蔬菜，有时拿着剪刀去修理楼下的树木，物管人员从他手里抢走剪刀。只要看到他下得楼来，就会像看管怪物似的，跟着他。哑爹苦涩一笑，摇摇头，从此，再也不争着去剪那些树了，因为他终于明白，那些树木是物业的，不属于他，他家的那块地上，即将栽葱似地，矗起高楼大厦。

哑爹的家园，被城市无条件地完成一个个陌生的进程，逼仄成不伦不类的边缘城市，瑟瑟地缩在一角。道路两旁到处种满现代化，黑压压的房子，天空被肆意分割。哑爹和告别的人群又做了一次刷新。老屋，在心中就像一颗长了很多年的参天大树，被一下子拔掉了自己的根，剥离了充盈地气的泥土。

失去土地的哑爹，有生之年，脚下永远隔着一层踩不烂的混凝土。踩在草皮上，但脚却踩不着土地，感觉没有踩在土地上来得直接和实在。没事干的哑爹心里闲得慌，时常看着天花板发呆，不日又操起旧行当，下象棋，只不过是自己和自己下。从前在村里，哑爹和“发小”阿庚一起下象棋，尽管他们俩人一聋一哑，但两个人很默契。

这天早上，哑爹打开门，看到对门的那个烫着“爆炸头”的阿姨，拎着手袋出门，哑爹像从前在乡下与邻居一样，用自己的语言和她打招呼，谁知那个阿姨像逃避瘟疫似的，踩着高跟鞋，噔噔噔下楼，突然一脚踩空，滚下楼梯，为这事哑爹儿子赔了“爆炸头”一笔钱，没过几天，“爆炸头”就搬走了。

哑爹像做了错事的孩子，从此待在家里不肯下楼。这天，哑爹突然不见了，到处找，找不到，最终在他家那块被地产商，用高高的围墙圈起的废墟上，家人看到哑爹和阿庚，在楚河汉界里忘情地对弈。尽管外面雷声大作，快下雨了，但他们谁也听不见，纹丝不动，早已忘记了世界的存在。

守月亮

海边港城，一场缠绵细雨过后，天空被洗得靛蓝惨淡，明晃晃的月亮捧着银盘似的脸，慢慢爬上枝头，孤高而明洁，寂寞而清冷，似某段时光里的一段感人的故事。

站在港丽大酒店十六楼月台上，雨轩仰面望着天空皎洁的月亮，轻轻地闭上双眼，慢慢伸出的双臂，似在拥抱，更似飞翔。他觉得有暗香涌动，月华如水般倾泻而下，似紫月一双温柔的小手，轻轻地抚摸着他，令他魂牵梦绕，恍惚如昨。

记忆是一种隐疾。如掌心的水滴，无论如何紧紧把握，都试图从指缝中逃离。那年深秋的一个傍晚，当段落中那一片薄如蝉翼的夕阳慢慢隐去，悄然退场后，月亮随即堂而皇之地姗姗登场，挂上了天空。远处青山披黛色，朗月林间照，清泉石上流。港丽大酒店十六楼的月台上，刚刚硕士毕业的紫月来到雨轩所在的港城参加作家读书班学习。当一身书卷气的雨轩第一眼看到紫月时，就像红楼梦里贾宝玉看见了似一朵轻云刚出岫的林妹妹一样，惊若天人，恍若隔世。

刚分配到中学做英语老师的紫月，明眸皓齿，面若桃花，清纯透明得像一泓清水。这一天，她穿一身淡紫色衣裙，似露珠缀在花叶上，圣洁而高雅。不过，紫月见到阳光帅气的雨轩亦如过电一样，被深深击中，彼此被爱意裹住，心中有轻轻颤抖的喜悦。

莫不是佛前祈求了千年才换得今生一个蓦然的回眸，紫月的心儿快跳到嗓子眼，像受了惊吓的小鹿，乱窜乱跳。目光与雨轩时常撞到一起，又羞涩地逃离。

秋虫唧唧，蛙鸣鼓噪。十六楼月台上，紫月仰面独自想着自己的心思，天上银盘般的月亮，抚慰着紫月发烫的脸庞。秋风吹起她长长秀发，扬起她薄薄的裙裾，轻盈飘逸的身姿在月光照射下，投下一尊漂亮的剪影。突然“咔嚓”一声，身后雨轩按下相机快门，记录下这美丽的瞬间，紫月，从此进驻了他的心里。

妹妹在赏月吧？雨轩极其温柔，极具磁性的声音，像六月的甘霖，似冬日的暖阳，仿佛隔过时空，从遥远的天际传来。紫月微微一怔，有几许迷醉，几许慌乱。不过她很快镇定下来，神秘地对雨轩说，守月亮啊。雨轩哈哈大笑，诙谐地说，哦，这么一个花好月圆，静谧美好的夜晚，真的适合去思念一个人。比如像妹妹这样一位清新可人，静若天仙的女子。

紫月脸上一热，将头深深埋进胸前。雨轩凑上前，俯身贴着紫月的耳边低语，傻妹妹，回去吧，别着凉了，就让哥哥为妹妹守月亮，守一辈子，如何？那一刻，月亮躲进云层，温馨，幸福迅速溢满紫月心间。

此后，每日学习之余，月上柳梢头时，他们都会人约黄昏后。十六楼月台上，俩人手扣着手，像两根千年老藤一样，紧紧缠在一起，久久地不分开。甜蜜的心情，亦如每个月圆之夜皎洁的月光，披上一层薄薄的纱在身上，轻快得快要飞。

时间太瘦，指缝太宽。为期一周的读书班就要结束，即将天各一方的日子里。窗外那衰草连天，黄云间那悲鸿绵绵。

恋上一个人，也就恋上了一座城。分别后的每个月圆之夜，雨轩和紫月都会抬头望月。同住海滨城市的他们，一个在南，一个在北，相距近千里，想见上一面其实很难。只有尺素往来，鸿雁传情。

紫月："从别后，忆相逢，几回梦中与君同……"

雨轩："辛苦最怜天上月，一夕如环，夕夕都成玦。若似月轮终皎洁，不辞冰雪为卿热……"

两个人两座城两颗心，寂寞的是思念，传递的是温度。然而，思念可以飞出那座城，却无法抵达一个人的内心。

渐渐地，雨轩的书信少了，甚至紫月的来信也不见回音了。

蝴蝶飞不过沧海，不是蝴蝶没有飞过沧海的勇气，也不是蝴蝶飞不过去，而是多年以后才发现，沧海的那一头，早已失去了等待的信心和勇气。

雨轩回家三个月后的一个月圆之夜，因思念无法成眠的他来到阳台抬头望月，突然发现隔壁张奶奶家窗户直往外冒浓烟。八十岁的张奶奶，无儿无女，一个人寡居多年，他想大事不好，赶忙用脚生生踹开张奶奶家的门，冒着呛人的浓烟在屋中摸索，最后从阳台上拽出吓得瑟缩在角落里的张奶奶。

原来张奶奶晚饭后烧水，水开后浇灭火苗，又忘记关掉天然气阀门，习惯早晚烧香的张奶奶用打火机点香时，突然引燃天然气。雨轩裹上湿棉被，再次折回老人家中，关上总阀门，扑灭大火，避免了整幢大楼爆炸带来的一场更大火灾。而雨轩的头皮和左脸烧成重伤，留下一道蚯蚓一样蝎黑色的疤痕。

婆娑的月色下，一座城与另一座城隔着难以逾越的距离，而这座令人刻骨铭心的城，聚合了紫月无限的希望。然而，人生聚散离合，再回头已无法捕捉。

不明真相的紫月始终没有勇气飞过那片沧海，误以为早已失去等待的沧海，冷却了曾经炽热的心。但雨轩即使望穿秋水也没有信心再去履行他们的约定。痛苦的他触摸不到紫月手心的温度，也无法感受紫月梨花带雨的哀愁。

三年之后，一直未嫁的紫月终于听人说起雨轩的事，一个人辗转三趟列车，来到雨轩的海滨港城。

十六楼的月台上，月亮泻了一地的碎银，守着的月亮的雨轩早已将栏杆拍遍。

秋深了，候鸟迟迟不肯南飞，正如紫月一样，不想留给雨轩一个人的冬天。

回家

四面临海的佛顶山，诸峰若拱，垒如杯瓢，海浪击破着寺庙的寂静，百鸟吟唱着禅境的安宁。时光流转，岁月轮回中，寺庙前的菩提树绿了又黄，黄了又绿，皱纹也不知不觉地爬上了慧如和尚的额角。

一大清早，慧如绕着寺庙转了一圈又一圈，然后，跑到方丈智能面前瓮声瓮气地说：我要回家。

回家，你哪来的家？智能看着慧如，一头的雾水。

来到这个世上，慧如就像一棵岩缝中的小草，活得顽强而自在。别的孩子嘴中从小都有爹娘这个固有的名词，而慧如从生下来记事始，从没有人叫他回家吃过饭，也从没有人问过他的冷和暖。

白天，他靠左邻右舍送来的饭菜，偶尔鸟儿衔来野果他拿来充饥。夜晚，穿过透光的屋顶，他仰望到月亮一张微笑的脸。夏天，闷热难挨的时候，鸟儿煽动巨大的翅膀给他带来丝丝凉风。冬夜，一群鸟儿将他围在中间，满天的星星对他指指点点，给他带来丝丝暖意。

世上有一种机缘，人们将它叫佛缘。那年，智能大师云游到小镇，看到面黄肌瘦，病卧柴房的小慧如。大师见他可怜，收他为徒。于是，扶着柴房的土墙，慧如颤巍巍地来到了佛顶山，这一晃，就过了几十年。

来是偶然，走是必然，阿弥陀佛。慧如说。

明年春天，放你回家。智能答。

慧如埋下头来，继续念经，权当默认。

寺庙后面还有一棵菩提树，树上喜鹊窝有七八个。每年，喜鹊还没报喜，蜜蜂们早已开始了辛勤的劳动，慧如也在空地上忙活开了。他挥镐，刨土，种土豆、山芋、向日葵。一群鸟儿围着他欢快地刨食。当汗水湿透了袈裟时，鸟儿就会围成一圈，扑扇着一对对翅膀，像一台偌大的电风扇，对着他煽起习习凉风，真是沁人心脾。

到了秋天，慧如会收获很多土豆、山芋、向日葵。寺院的僧人天天吃，顿顿吃，怎样也吃不完。于是，他时常背着一个大大的口袋下山，至于下山干什么，没人得知。

每次上山时，慧如都空手而回，但脸上一定写满喜悦满足的表情。

风言风语来了，慧如尘缘未了，凡根未净，在山下养起了女人。

听到这些，慧如总是双手合十，口中念道：居善地，心善渊，与善仁，言善信，正善治，事善能，动善时。

闲言终于传到方丈智能耳里，智能问：此事果真？

若能自有真，离假即心真，自心不离假，无真何处真？慧如答。

说不出个子丑寅卯来，慧如被派到后院做洒扫僧。

大雪封门的日子，佛顶山像一口冰冷的大锅倒扣在海面上。每日里，慧如在后禅堂青灯黄卷，念经打坐，冻得直哆嗦。哑巴小沙弥时常偷偷地从门缝递给他两个黑乎乎的山芋窝窝头。但他终究舍不得吃上一口，将窝窝头藏进布兜，然后悄悄地穿过大殿来到院后的菩提树下，摸出窝窝头，揉成碎粒，撒在地上，而后翘起双手掩住双唇，模仿鸟儿的声音，吹起呼哨。立时，一声声清亮的鸟语，从他花白的胡子里飞出，传遍整过佛顶山。一群鸟儿争先恐后地在他头顶盘旋，拍打着翅膀，抖落在他的肩头，然后，叽叽喳喳，欢快地啄食。

冰雪消融了，春天就要来临。慧如每天坐在门前的台阶上看鸟儿踏歌起舞，欢快地觅食，看野草和鲜花相继转世，独自想着自己的心思。

这一天，慧如又跑到方丈智能面前嗡嗡地说：我要回家。

方丈智能皱了皱眉头，心想：此人总在生活的夹道逃逸徘徊，佛缘未了，情缘未尽，无情佛下，是个多情的和尚，身上还残留沼泽的味道，既然注定了要溃逃，也就没了强留的必要。

回家吧！回家吧！智能漠然地说。

隔日，寺庙前人声沸沸，只见慧如身着袈裟，坐在菩提树下，早已没了气息。一位少年手捧电风扇，哀哀而泣，双肩颤抖，长跪不起。

方丈智能嘱小沙弥叫上少年，问明缘由。

原来，少年的父亲身患绝症。那日，正逢慧如值日，关寺门。少年和母亲上山求佛保父平安，天早已黑了，可母子俩就是长跪佛前，不肯起身。知道少年家的境况后，慧如每个月都会下山送些自种的粮食给这对母子。

南方夏天炎热，面前这台电风扇就是慧如送给少年病中的父亲度炎夏的，可父亲没能用得上就走了。

春天第一缕阳光越过大海照在佛顶山上，万道光柱齐刷刷地射向山顶的寺庙，整个寺庙被阳光围了个水泄不通，给慧如周身镀上了一层金光，百鸟搭起一道五光十色的彩虹，在他头顶唱着挽歌，久久徘徊，不愿离去。

桃花雨

串场河边有个桃花村，桃花村里不仅长桃树，还出美人。秀桃就是桃花村有名的美人。

秀桃爹管教很严，从不允许她单独去哪儿，若是碰上哪位后生说句话，必会招来她爹一番责骂。

一天，秀桃在集体桃园边上的麦田里薅草，四周清一色的桃花，层层叠叠的，漫天遍野地铺陈开来。

忽地，一场雨毫无征兆，说下便下，稠雨如绳，雨打花飞，霎时，满世界飞红溅血。秀桃怜惜地看了看躺了一地的花的尸体，只得撸一撸沾在额前的头发，拈着淋湿的衣服，往生产队的场头棚跑去。

急走的秀桃和棚内避雨的长生撞了个满怀。荒郊野外的，孤男寡女在一起，羞死人了，两朵桃花立时飞上秀桃的小脸。

在村里，长生是七十年代唯一识得几个字的后生，因此成了队里的农业技术员。因为家里穷，二十多岁还没谈上对象，这在“一大二公”的人民公社时期，是很不多见的事儿。有人帮他到秀桃家提亲，秀桃心里愿意，但秀桃爹嫌长生家穷，这事就此黄了，急得长生六十几岁的母亲直跺脚。

天空中到处飘动着流浪的云朵，不紧不慢地串着雨帘儿。虽说是春日三月天，但雨淋在秀桃身上，还是湿漉漉的，有些凉，她猛然打了个寒战。长生脱下身上的蓝卡其罩衫披在秀桃身上，秀桃又给长生推回去，这样推来推去，衣服最终还是披在了秀桃身上。

吕四嫂是从哪里跑过来的，秀桃和长生也没发现，在桃花村，谁都知道吕四嫂是个什么角色，她可是村中有名的长舌妇，年龄虽然只比秀桃大两岁，但辈分却长秀桃一辈，她那三寸不烂之舌能将死人说活，因为生得俏丽端正，当年有好多村里后生追求，她都不拿正眼看一眼，却偏偏看中穷书生长生，可长生偏偏不喜欢她，嫌她疯，最终她爹包办将她嫁给了村中的二愣子，因为二愣子爹是村支书。可嫁过去，也没享几天清福，二愣子父亲就一命呜呼了，从此，她见谁都不顺眼，活脱脱的一个怨妇。

雨停了，桃树林里鸟儿又亮起嗓子唱开了，欢快地，这枝跳到那枝，叽叽喳喳，呼朋引类。

秀桃回到村里时，她爹手里正拿着钉耙，站在村口的大桃树下，铁青着脸，怒目圆睁。看到秀桃，一钉耙打下去，"啪"的一声脆响，钉耙柄拦腰折断。倔强的秀桃愣是不吭一声，秀桃娘上前去拦秀桃爹，被她爹抡圆的巴掌拍蚊子一样，撂在了地上。红了眼的秀桃爹老鹰捉小鸡似地将秀桃拎到桃树下，扯住秀桃的长辫子往树上一绕，就这样，秀桃整个人半空中悬着，吊在那儿，早没有了哭的力气。

吕四嫂一回到村里，就像个喇叭筒，扯着嗓子嚷开了，她走东家，蹿西家，绘声绘色地描述着秀桃与长生怎么，怎么的了，就这样，一传十,十传百，整个桃花村像一锅煮沸了的开水，不一会工夫，这事就传到了秀桃爹耳朵里。老实巴交的秀桃爹脑筋从不会转个弯，想也没想就往村口冲。

桃树下，秀桃羞辱加饥饿，虚脱得不成人样。秀桃娘一旁干号，也没人敢拉，也没人想拉。因为桃花村有这样一个规矩，要是谁家闺女做了有伤风化的事，就会挖上一个大塘，放上生石灰，然后将姑娘推下去，再注入水，活活烧死。当然，那是民国以前的事了。

秀桃被她父亲吊在桃树上的事，长生终于知道了，他冲到村口的桃树下，解下秀桃，冲秀桃爹大吼：你凭什么这样对秀桃，她做错什么了？

还了得，在桃花村，长生是秀桃爹的晚辈，按祖上规矩，晚辈是不得回长辈半个不的。凭什么？就凭吕四嫂绘声绘色，有鼻子有眼的描述！秀桃爹气不打一处来，冲上前去欲打长生，临了，惊动了村支书，拦住了秀桃爹，拉下长生，解下桃树上的秀桃。

热闹了一天的桃花村终归于寂静。斯夜，树欲静，而风不止，直刮了一夜，美丽的粉红色，一片片飘落，洒了一地的瓣。

次日凌晨，从秀桃家传来秀桃娘凄怆的哭声，大桃树周围挤满了人。秀桃将那根长长的辫子在脖子上打了个死结，接挂在桃树的枝丫上，头发上还沾了几枚桃花瓣，瓣上晶莹的露珠在晨光中闪着泪光。

此后，半夜里常有人看到有个影子在晃悠，有人说是秀桃，有人说是长生，而那桃树再也没有结过桃子，不过每年依旧一样地花开，一样地花落。

生死密码

读着流水，读着夜色，游轮像一头勤快的水牛，裹着洁净咸湿的风，载着我的迟钝，疲乏和忧伤，披星戴月，驶向彼岸的 H 国。

观景台上，我依着船舷。海水吐着泡沫，溅起白色的水花，一圈圈，一层层，漾过来，荡过去，前赴后继，仿佛是天上注下的一盆蓝墨水，渐渐渗透到海的深处，汇聚成一汪东逝水。

喜欢这样的一种色彩，这样的一种氛围，因为这样，可以让我暂时抛却生活中一些乱七八糟的东西。可以放下烦恼，面朝大海，与鸥鸟海风倾诉上天的不公，生活的沉重。

因为一些不公和沉重，让我总是感到力不从心，从而选择这样的逃离。在这个世上，再也没有比我更倒霉的人了。觊觎很久的科长之职，被一个无论是工作能力，还是学历都不如我的女人给抢去了。结婚三年来，老婆没日没夜地吵，嫌我人穷官小，至今不肯生孩子，为了哄老婆开心，我花去多年积蓄购得一辆二手汽车，几天前又因非法交易给没收了，老婆就跟比我更有权有钱的人跑了，这样的生活，真是一眼看到的都是黑，有什么活头，唉！

皇家大道，美国乡村歌曲，杂和着醉人的酒香，芬芳四溢。老船长，水手，乡村音乐，摇滚歌星，名牌手表，化妆品、比萨咖啡，诗歌香槟酒，品牌店，洒吧错落有致，人声沸沸。棒子面，一个高大帅气的汉子，游轮上的娱乐总监，来自美国西雅图的节目主持人，和来自中国上海的美女主持人娜达，早早地聚在这里，他们口若悬河，用妙语联珠的绳子将人们串联在一起。

“轰”地一声闷响，船身轻轻地晃荡了一下。被孤独浸淫得太久的人们，并没有发现什么异样，他们载歌载舞，敞开心扉，进行一场生命的大欢悦。来自二十七个不同国度的人们，真实交换心与心。没有了语言隔阂，没有了地域国籍，没有了彼此的伤害，没有了语言的锋芒，没有了虚情假意。魅影中，掌声飞扬，絮语飘飞，时尚，流时，靓美，纷至沓来。五彩缤纷的香槟酒，燃烧去淡淡的苦涩。在这里，人们成为一棵棵大大小小的树，枝丫相触，叶脉相连。

“咣当”又一声闷响，人们只是怔了怔，几秒钟的工夫，又回到最初的疯狂。茫无目标，像个游魂一样到处乱晃荡的我，停下脚步，不想再往前走，我只想做海里的一尾鱼，无忧无虑，自由自在，把自己放逐。

时间已至午夜，船变得滞重而缓慢。一群和我一样寂寞的人，忧心忡忡坐到咖啡厅里，听着吉他不徐不急的旋律，就着一杯咖啡或冰水，吃着比萨，三明治，汉堡，渐渐地每个陶醉的笑脸都是松弛的，温柔的，可人的，都有天使般的纯净。

在间断的欢呼声中，好想成为每个人手中一朵花，突然地开放，开在人们的眼前，开在寂寞的夜里。眼里有液体莫名地涌出来，咸咸的，涩涩的，苦苦的……原来，从夏蝉鸣叫，到雪花飘飞，过尽千帆，一颗颗漂泊已久的心，一直都在寻找一个停靠的码头。

这时，一个满脸洒着阳光的小伙子，弹着吉他，手指像扬花，歌声像磁铁，一首首怀旧的老歌，一会儿缠绵温情，一会儿抑郁沧桑，像暗夜吐出的一根舌头，舔着潜藏在华服下的伤口。

游轮进入公海，通信断了信号，我索性让手机寂寞地躺在房间睡觉。其实，对于一个一心想要离开这个世界的人，任何物质都失去了它的价值和意义。一杯暖胃的咖啡再难温暖我冰冷漠然的心。我深深吸了一口气，淡然放下世俗的一切，失落已久的自己，此刻，突然变得轻松。

十四楼的旗帜嚯嚯而动，直指天空。好吧，就这里了。在这里，就让自己成为大海里的一滴水，让自己清晨看逗留在云中的太阳升起，夜晚与银盆般月亮的脸和鱼同眠。或者就做大海小岛上的一块石头，从韶华年茂，到眉宇沧桑。看涛走云飞，日复一日。俯首听鸟叫涛鸣，千年万年。

俯视一汪海水，月亮一头扎进洗澡，我感到莫名的兴奋，失去了恐惧，不再孤独。我跨出脚步，转念一想，如果从这么高的楼顶摔下，定会死得不漂亮。于是，我脚步变得轻快，顺着电梯迅速下滑，很快身处一楼平台。月亮，我来了，我张开双臂，右脚高高跨过船舷。

珊瑚大剧院里的歌声，缠缠绵绵，再次穿过耳边，飘过大海，打湿辽远的天空。一股浓烟呛得我剧烈咳嗽，视线模糊。妈的，老子死也死不顺畅。我将伸出的脚收回，寻向浓烟出没的方向。在往机舱的门口，一个印度船员模样的人挡住我的去路，他疯狂地大吼，可惜我一句也听不懂。这时，一个满脸络腮胡子的中国船员对我说，先生，请迅速离开这里，船上四台发动机，三台都着火了，游轮随时可能爆炸，情况很不妙，作为H国的船方准备弃船了。我说，为何不救火呢。说话间，H国的船员已经穿上救生衣，解下缆绳，放下救生艇。浓烟顺着电梯往上漫，人们潮水般地涌上甲板，与H国船员抢着登艇。哭声，骂声，吵闹声，乱哄哄的，乱成一片。

一个“爆炸头”的年轻女子拿着手机，拨打电话，公海上没有信号，她徒劳地张开猩红的大嘴号啕：老公，船快沉了，我死了，你怎么办啊？

人群中有人大骂，蠢货，命都没了，还问老公，你死了，老公正好再娶一个比你年轻漂亮的呗。

女人大叫，不可能，他那么爱我，不可能。老公，我爱你啊。

人群中，有人笑出声来，更多的人嗤之以鼻。

H 国的船员准备自己登艇逃生，船上四千多名游客不依了，人们围起人墙，攥起拳头，怒吼，抗议。

反正都是一死，我横下一条心，大喊，拿被子来。络腮胡子拖来两床被子淋湿，扔一条给我。

机舱里，最后一台发动机，喘着粗气，被络腮胡子关熄，满舱的火苗被我撸灭。

失去动力的游轮，在海上中漂泊了一夜之后，人们相继登上另一艘游轮。一夜间成了英雄的我，在人们鲜花掌声中，继续驶往 H 国。

远方的风景，你能让我放下世俗，彻底皈依吗？

玉儿

长耳、红眼、两瓣嘴，浑身洁白如玉，细看它，原本是该有主的，旧城改造，主人从棚户区拆迁搬走后，它就无家可归了。大年初一的上午，这个漂亮的尤物一出现在我们面前，儿子的腿就再也不想挪开了。

妻和我商量，兔年，儿子的本命年，命里机缘，给儿子做个伴吧。我没吱声，权当默认。

儿子雀跃，搂住我的脖子，亲了一下。

妻说，叫嫦娥吧。儿子说，叫玉儿。叫玉儿，我赞同。

儿子抱着玉儿在前面又是蹦又是跳，兴奋极了。我们沿着鹅卵石大路往回走。快到车门口时，想躲开从车上走下的常武和他老婆及女儿已来不及了。

我从儿子手上抢过玉儿，用衣服掩在怀里，转身逃去，谁知这家伙从怀里蹿出，一阵乱蹦，竟蹲在常武女儿的脚下，不走了。

叫伯伯，伯母，还有姐姐。我慌忙拉着儿子到常武一家人面前说。

儿子却看着常武女儿，像哥伦布发现了新大陆，笑着说：姐姐的嘴怎么长得和玉儿一模一样呢，三个瓣。

儿子边说边俯身拎起玉儿的耳朵，径直送到常武女儿面前，不信你看。

常武的脸刚刚还是阳光灿烂，瞬间晴转多云，接着是多云到阴。

哎呀，我的小祖宗，真是哪壶不开揭哪壶啊，我用眼神狠狠地剜了一下儿子。儿子一脸的无辜。

常武是我的顶头上司，市交通规划设计院院长，他老婆和我是大学同学，生有一个的女儿，兔唇，比我家儿子大一个月，也属兔，都是八岁。平时谁提到兔子常武就会和谁急，何况面前有只货真价实的兔子。

在小城，常武靠老婆发迹的，这事儿谁都知道。因为他老婆的父亲是建行行长，从小到大他老婆都是个热闹的主儿，小学就会谈恋爱，喝酒，跳舞，临到大学，已出落成活脱脱的一个交际花。有同学经常看到有奔驰，宝马之类的车停在学校南大门外，下课后，载着打扮得花枝招展的她消失在夜幕中。因为频繁去医院人流，医生骂她不要命了，久而久之，竟落下了一身的病，到了该嫁人时却没人敢要了。

那年，常武的交通规划设计院要开路桥公司，向建行贷款，三番五次跑上跳下，银行的门槛都踩低了，行长就是不给签字，原来行长女儿看中了一表人才的常武，最后行长私下托人传话，若和他女儿结婚，贷款不成问题。

婚是结了，不久却生了这么个兔唇女儿。

因为玉儿，我在心惊胆战中度过漫长而无趣的七天长假。

上班第一天，我就接到秘书的电话，常武叫他到办公室去一趟。

心里像揣了一百只兔子，乱踢，乱抓，乱咬。脚刚踏入院长办公室，常武抬了抬窝在沙发里肥硕的身体，笑容可掬地对我说：院领导决定，路桥公司人员要调整，部分人员将分流到沿海高等级公路施工队去，你有什么想法？

沿海高等级公路远在黄海滩涂上，是兔子不拉屎的荒无人烟之地。

我壮着胆子凑到常武面前，试图从他的眼神里掂量出话的真伪。向来我被常武视为心腹，交通局规划设计院开办路桥公司虽说是违规的，但凭常武铁的关系网和上头的关系，就是没人敢在“太岁”头上动土。

服从领导安排，我嘴上这样说，心里却怵怵的。

最终，我是垂着头，叹着气离开常武的办公室，回到家中的。

儿子一见我，像兔子一样快速窜进房间。

揪出儿子一看，眼角青肿一片，像只大熊猫。

臭小子，和人打架了？我气不打一处，抡圆巴掌挥向儿子。

没有，中午我抱着玉儿去体育场河边吃草，那天的兔唇姐姐抢玉儿，我不给，她就将模具飞机砸向我的脸。儿子边挣扎边说。

我拎起阳台一角嚅动着两瓣嘴的玉儿，往外走，妻手拿锅铲从厨房里冲出来，问，你想干吗？

扔了。我说。

玉儿是儿子的宝贝，你扔了等于要了他的命。妻的锅铲在我面前舞成一朵花，我头一偏，洁白的墙上落下一个深深的黑坑。

我放下玉儿，蹲在地上，抱着头，说，因为玉儿的事，我被调岗了。若是再养在家中，我就得下岗。

没有玉儿的日子，儿子成天闷头闷脑不理我。每天傍晚，我总会在小区里转悠，希望发现被我丢在小区花园中的玉儿。这一天，我终于看到了玉儿，看到了挂在另一幢三楼阳台上的玉儿张大四肢，白得耀眼的毛皮在风中晃荡，原先亮晶晶的红眼睛已不知去向，只落下一对空洞的眼窝，注视着面前的世界。

天啦，我不杀玉儿，玉儿却因我而死。

藕断丝连

雨榭认识葛歌时，知道他是剧团的台柱子，女儿也已两岁，加上自己也是早有男朋友的人了。既然如此，她也不想和葛歌发生点什么。

不过爱情有时缺少安全感，也许昨儿还是草木葳蕤，花香鸟语，今儿个就会叶落花谢，转瞬凋零。读高二时，雨榭与男友就相识了，在历经几个月的柔情蜜意后，就开始了吮吸泛滥的苦涩。每当想起男友有时当着她的面，与别的女孩子挤眉弄眼，暧昧不清时，就像吃了无数个死苍蝇，始终没有信心步入婚姻的殿堂。

那天，小镇来了剧团，雨榭高兴得忘了形，没人时，她翘起兰花指，在空中绕过来，绕过去，胳膊肘子甩啊甩，嘴里咿咿呀呀地，踮着脚尖，轻移莲步，边走边哼，走成一朵盛开的花。镇上的人窥见了说，这丫头是不是疯了。

其实雨榭并没疯，只为一份喜欢罢了。从小跟着外婆出入小镇剧院看戏的她，俨然一个小戏迷。大学填报志愿时，居然悄悄填了戏剧学院，被她妈妈知道后，连哄带骗，生生地摁灭了燃起的火焰。然而她喜欢戏曲的心，终究不死。

再次燃起这把火，是她大学毕业后，分配到小镇一家事业单位工作后的事。知道她有戏隐，每天晚上，她的好友，演剧院经理吴姐，总会在剧院第一排为她留下一个座位。

这天晚上，一阵锣鼓铿锵后，笛箫悠扬声中，大幕徐徐拉启，灯光烘托下的舞台上，宫殿巍峨，金碧辉煌，华盖仪仗，旌旗飘飞。金光灿灿的龙椅上，一个龙袍加身，浓眉虎目，潇洒俊逸的皇帝端坐其中。两旁宫女手执宫扇，亭亭侍立，更显庄严肃穆，龙颜威仪。这磅礴的声势，仿佛只在梦里见过，直看得雨榭芳心悸动，如痴如碎。台上扮演皇上的葛歌，也一眼看见了台下神情专注的雨榭。瞬间，台上台下四目碰撞，仿佛电光火石，火花迸发。

连续几天晚上下班后，是雨榭最渴望，又忐忑的时刻。她总觉得有什么事要发生，至于是什么事儿，也说不清。她用尽全身的力气克制自己，几个晚上没去看戏。但是，最终没能战胜自己，还是去了。

一个人一旦爱上了一个人，就如黄河之水天上而来，决了堤。当葛歌往戏台上一站，一介英俊书生何文秀，云鬓横斜，风度翩翩，水袖如花，只见他一字一句，腔圆调正，一颦一笑，风流倜傥，摇破一地碎影。台下的雨榭意乱情迷，无法遏止地不被吸引。此刻，任谁遇到这样阳光丰盈的男子，一颗心也会百转千回，温柔得像里下河水乡的小河，弯弯曲曲地，衍生出无限缠绵悱恻来。

雨榭知道，这回她病得不轻，甚至是无可救药。一连几天，恍恍惚惚，下班后，并约上男朋友一起看电影，但一场电影两人从头吵到尾，无法消停。日渐荒凉的心，陷入了无边的绝望。

隔日，雨榭索性叫上同事一起喝酒，席间一句话也不说，整个人就像丢了魂似的，啤酒，一瓶接一瓶，一直喝，喝到六瓶后，醉意酗酗，吐了同事一身。

夜深人静，酒醒时分，她一个人呆呆地看着窗外的圆月，苦苦思，痴痴想，迷迷糊糊的，仿佛总有一袭水袖始终在眼前舞呀舞，似无数只蝴蝶在花丛中飞呀飞，令人烦躁不安，心猿意马。

爱有时候终究会输给生死，时间，以及欲望。第三天，雨榭再也不能违背自己的意志，悄悄来到剧院后面的小阁楼，默默注视着葛歌一个人在台上，神色沉寂，水袖曳地，风宇条畅。那段《济公传》里的济公没有出家前，与心上人的一段告白：春风不知草木意，落花怎知流水情。轻轻地吟，低低地唱，曲调低回悠扬，凄婉幽怨，字字句句吐出的都是凄凉意。仿佛在对雨榭说，你为何不来，你若再不来，花儿就会像秋草一样的萎谢。

遇上这样的冤家，雨榭的心，轻轻地，有了颤抖的喜悦，有些卑微，有些轻佻。她悄悄回到那个属于她的座位上去，恨不能聚集一生的时光，就这样静静地一直看下去，永不散场，将一场戏从古到今，看到尽头。向来安静的她，使劲为葛歌鼓掌喝彩。台上的他突然看见了她，眼睛立时神光毕现。春花软柳，佳人如玉，浅笑盈盈，这一笑，似已耗尽一生的等待。

从此，雨榭不上班的时候，总会跑来剧院找翟姐，葛歌好像知道她要来似的，两个人总是意外邂逅在某个拐角处。这一刻，她的心会像揣了十八只小鹿，活蹦乱跳，葛歌也是慌里慌张，轻轻一声问候，倏忽躲开。

戏再好看，总有散场的时候。雨榭邂逅葛歌一周后，剧团就要开赴他乡。这个早晨，当剧团所有人和物，都装好车时，葛歌站在车篷上，视线早已越过车顶，却迟迟不见雨榭。

躲在一棵五百年树龄的银杏树后，雨榭的泪水像断了线的珠子，纷纷坠地，打湿脚下一片土地，看着车子驶出视线，渐渐模糊。此刻，广播里正播着郭富城的《我是不是该安静地走开》。

时光易老，佳期如梦。

一个月后，当雨榭出现在另外一个小镇的剧场，与憔悴得瘦了一圈的葛歌四目相对时，竟无语凝噎，就像切断的藕，丝丝相连，两双冰凉已久的手紧紧相握，恰似两个落在石上的冰花，早已融化了彼此的寒冷。

老张的秋天

夏天最后一道闪电，落在老张家门前的一棵梧桐树下，秋天也就真正地来临了。

这个早晨，天色微暗，风停雨止，老张就在自家院子里反剪双手，绕着梧桐树，踱着方步，来来回回，一圈又一圈。

透过灰蒙蒙的天空，他一双布满血丝的眼睛，默默注视着被雨打落一地的梧桐树叶上，缀着的粒粒晶莹剔透的水珠，好像夜里妻子一双泪光涟涟的眼里，满腹哀怨，楚楚可怜，让人徒生恻隐的样子。而树上那些虬曲的枝丫，更像自己此刻的表情，喑哑孤独，冲着天空画着无数个大大的问号。

秋天在老张眼里有些无情，到处水冷草枯，暮气横秋的，充满着生离死别。一切让他触景生情，想起五十三年前的那个秋天，他在妈妈腹中，像个吹气长的气球，越长越大，到了十个月时，还赖在妈妈肚中，迟迟不肯出来，直到秋天的最后一天，才姗姗来到人间，妈妈因为产后大出血，没能闯过鬼门关，永远留在了那个秋天。因此，每到这个时节，他都有些魂不守舍，心情也如秋天这个季节一样，苍老复加。

人生一世，草木一秋。掐指算来，老张从市直部门调到交通局当局长，转眼度过了五个春秋。按规定，到了这个季节，也到了退居二线的时候。此时此刻，他才意识到自己已走到了他生命中真正的人生之秋。

在他看来，一切还没来得及开始，就快要结束。由于妻子身体不好，病退在家，儿子也没结婚，作为家庭顶梁柱，老张不得不履职责尽人事，故作坚强，默默承受。作为单位的领导，更要站好最后一班岗，下好人生最后一着棋。

然而守得两袖清风，不留骂名，谈何容易。就在昨晚，他和妻子讨论国庆期间如何操办儿子婚事，由于历来洁身自好，廉政自律，老张在小城有着不错的口碑。但面对妻子患严重的糖尿病，多年来口服非处方药，家中所剩无几的积蓄，老张深深叹了口气。

妻子拉住他来到卧室，用力掀开席梦思床垫，指着床下一个灰白色的编织袋，面露愧色地说，这里有十万。老张疑惑地看着妻子，气血直往上涌，妻子惶惶地说，那天来了个人，说从老家带来一袋鲜地瓜干，当时也忘记问人家姓什名谁。老张气得脚一跺，冲妻子一声吼，你呀，老糊涂了，误大事了啊，唉。

妻子吓得直哭。这一夜，睡在一麻袋钱上，老张仿佛睡在一颗定时炸弹上，脑海里像放电影一样，一幕幕回放，681 公路工程还没竣工验收就塌陷了一大段，已有人举报到纪委了，他觉得这笔钱一定与这起事件有关，脊梁直冒冷汗，连夜将这笔来路不明的钱送到廉政账户上去了。

几天后，市里召开机关作风建设大会，老张与往常一样，左手拎起公文包，右手接过妻子递过的一袋垃圾，匆匆下楼。他扬起左手，用力一甩，“啪”的一声，黑色公文包在空中划出一个几何状的抛物线，不偏不倚，掉进了垃圾池。候在车里的司机小李嘴巴惊成了“O”字形。老张拉开车门，一屁股坐到座位上，小李愣在那里，手在挡杆上摩挲。老张问，怎么不走呢？小李小心翼翼地问：局长，你手里拎的什么？老张低头看着手中拎着的垃圾袋，窘得满脸绯红，直打呵呵。善解人意的小李，拎起垃圾袋直奔垃圾池，池旁一个捡垃圾的老人已在翻腾老张的公文包，小李好说歹说，才从老人手中哄回公文包。

想着刚刚的事，老张有点失落，又有些庆幸，公文包与垃圾袋何尝不像自己的人生，得失权在一念之间。走进会场，一阵骚动后，领导鱼贯而入，脸色凝重，布满了秋霜。而且左右两个陌生人的目光像两把剑，冷冰冰，凉飕飕，直刺得自己心慌意乱。这时，左边的黑面汉子碰了碰他的胳膊说：我们是兰城纪委的，有一件事，请你协助调查。老张默默地，用目光扫了一下会场，长吁一口气，轻松地，跟着走了……

这个秋天，老张被审查的消息，像长了腿一样，在小城不胫而走。有人说，老张这次出大事了，没有个十年八年出不来。有人说，快享清福的年龄，可惜了。

众说纷纭……

换新

串场河边的倪大，打小就死了父亲，三十岁上才娶上老婆。

人说傻人有傻福，倪大的老婆菊香，可是方圆百里的大美人，高高的胸脯，翘起的臀，不高不矮的身段，真的羡煞串场河畔那帮壮小伙了。

要说这倪大，也没什么过人之处，乍一看愣头愣脑的，不过内里可机灵了，什么东西一学就会，先是学做汽车修理，后买了辆破车给工地拉沙石，三下两下折腾，还真就捣鼓成梨木街上的首富。

倪大的娘有哮喘毛病，偶尔神志不太清醒，菊香自过门后，看倪大的娘横竖看不顺眼，总在倪大耳边嘀咕些婆婆的不是。为这事，倪大常常暗自唉声叹气。

俗话说“人心不足蛇吞象”。菊香渐渐地不满足于眼前生活的现状了。常埋怨这不是，那不好的。与她一起打牌的麻二娘，人没她长得漂亮，水平也没她高，可人家的车是轿车，而且旧的桑塔纳换成簇新的帕萨特。麻二娘家购车不打紧，从此倪大的耳朵就招罪了，菊香三天小叨唠，四天大叨唠，叨唠得倪大的耳朵快结出茧子来。

前些日子，倪大刚做了一笔蚀本的生意，心情一直不好。屋漏偏逢连夜雨，巧的是菊香也因为打牌输给了麻二娘，两人还为此接上了火，骂开了街。菊香憋了一肚子的气没处发，低着头往家走，人还没进家门就气呼呼地嚷嚷开来：倪大，这个礼拜，你一定将那辆破车给换了，否则，我跟你没完。

人说三个女人一台戏，原来菊香与麻二娘几个女人在玩牌时，发生了争执，拌上了嘴，麻二娘对菊香丢一下一句不酸不咸的话："走两步就熄火，冒黑烟。就是偶尔给你们点着，可是也跟个哮喘的老娘似的尘土满天飞，脏死了。有本事你也换辆新车呀，奥迪，宝马什么的。哼，小样儿，买得起吗？"

菊香没来由地要辆车，倪大一头雾水，临睡前，倪大耐起性子陪菊香笑脸，想问出事情的原委来，谁知菊香这头气还没消，当倪大凑上前去解她的衣扣时，"啪"的一声，菊香一伸手将倪大的手甩出好远，然后一脚将倪大从床上踹到地板上，大嚷大叫："嫁你这个窝囊废，至今一辆小车都买不起，家中还有个老不死的，我真是瞎了眼！"倪大这下可也火了，一巴掌打到菊香脸上，一条血手印似一朵怒放的菊花盛开在菊香的脸上了，这下热闹可大了，菊香哭哭啼啼跑回娘家。

这样僵持了半个月，菊香妈妈替女儿放出话来，若是倪大买辆小汽车开来带菊香，菊香就回去。

没有办法，倪大东凑西凑，买了一辆悦达起亚。菊香终于回来了，日子又回到从前，依旧活色生香，五彩缤纷。

没过多久，菊香又和倪大绷紧了弦。一天，菊香去东街的王金花家搓麻将，看到王金花家时兴欧式家具一应俱全，再看看自己家的那些过了时的家具，不禁神色黯然，整天牌兴全无，临晚回家又与倪大嚷嚷开来了，倪大才说个"不"字，大床上倪大的枕头就挪了位置，长了脚似地，飞跑到客厅的地板上了。

谁让现在是物质时代呢？倪大忍气吞声，去明星家具城购了一套崭新的家具，菊香的脸色才又艳阳般高照起来。

菊香脾气也越来越大了，有时婆婆的腿脚不灵便碰翻什么便会招来一顿臭骂。

菊香的目标在进一步转移，兴趣在一天天改变，西街张二柱家的房子宽敞气派，方圆数一数二，西家李华子家又建三层小洋房了，为这些事她整天郁郁寡欢，成天唠叨个没完：倪大啊，如今谁家房子都比咱家豪华气派，咱家的房子也该换了。

倪大凑上前去问菊香：你说咱家房子换了后，还有其他什么也要换一换呢？

菊香细细酌量一番：嗯，这房中的东西全换新的呗！

倪大很认真地问：果真都换了？

菊香说：都换了。倪大问：不后悔？

菊香说：说话算话，决不后悔。

再说倪大还真的很有能耐，他真的给捣鼓了一套上下跃层的别墅，而且家中物什都换成全新的，这下菊香乐颠乐颠，一蹦三跳。

房子换了，倪大的妈却被菊香赶到楼下地下室里去住了。倪大斜睨双眼，看着心满意足躺在客厅大沙发上的菊香说：菊香，这么多年来都依你所说的来做事，如今还按你计划行事吧，你让咱家的东西全换了，现在就剩下一样没换了。

菊香问：好像没什么东西要换了吧？

倪大从怀中掏出一张事先写好的《离婚协议书》，大声说：老婆。

菊香这回可懵了。

啸歌楼的歌声

啸歌楼是小城玉带桥边上的一座千年戏楼，歌台舞榭，琴声悠悠，从古至今，绵延不绝。

然而，千年风雨一幕戏，戏下场了，啸歌楼还是飞檐翘角，白墙黛瓦，沉默依旧。出于老百姓的感情习惯，成了小城不可或缺的风景。

啸歌楼隔壁有个肉店，店主叫孙贵，人们都叫他孙大麻子。解放前，祖上在西溪梨木街杀猪，是个有钱的主儿。

孙大麻子有一好，就是看戏。每当啸歌楼的锣鼓一响，孙大麻子的心就痒痒的。

听戏楼掌班的说，原先拉大幕的老婆刚生孩子，想找个晚上替班的。

孙大麻子主动应下这差事，白天卖肉，晚上看戏，又不花一分钱，排遣寂寞也有了去处，真是一举多得。

每天晚上，孙大麻子丢下饭碗，要做的第一桩事，就是捧上祖上留下的玲珑琉璃茶杯，然后沏上上好的西湖龙井，哼着曲儿，咿咿呀呀地，一步三摇，迈着正宗的方步踱向戏楼。

啸歌楼刚来的花旦单典和，是刚从上海戏剧学院下放的知青。

单典和有着两条纤秀的美腿，洁白细长的粉颈，相貌俊美而高雅，嗓音清悦而柔媚，活脱脱的，像只姿态优雅的仙鹤。

来戏楼报到时，单典和操一口纯正上海普通话，大大方方地报出自己的大名。接待她的小伙子，是宣传部长兼剧团团长，叫俞坤。小俞被眼前这个美丽女子惊得瞠目结舌，单典和伸过来的介绍信看也没看，就在登记簿上落下三个字“丹顶鹤”，腼腆地伸过手说：欢迎你，“丹顶鹤”同志！

单典和一下子笑弯了腰，喘不过气来，俞坤闹了一个大红脸。那一刻，这个美丽的女子牵住了俞坤的心。

单典和到啸歌楼后改唱淮剧，白天要到农村去接受贫下中农再教育，晚上再就是排戏练戏演戏。

入戏很快。

单典和优美的身段，甜润的扮相，细腻的唱功，一招一式，一腔一板，人物刻画入木三分。折子戏《断桥》《宝玉哭灵》，一时间竟骗下小城无数人的眼泪，赢得戏迷追捧。

单典和笑的样子，皱着眉头的样子，冷着脸的样子，入戏的样子，还有各种不同的造型，都被俞坤收在眼里。同时也定格后台拉大幕的孙大麻子的心里。

最能撩拨孙大麻子心的，就是听单典和的戏。

每天戏一下场，俞坤都会让孙大麻子转交给单典和一束鲜艳的玫瑰花。

孙大麻子偷偷地扔了。

后来，街上竟有人偷偷地贴俞坤的大字报，说俞坤给单典和送花是资产阶级的新动向，要彻底专政。

谁干的，也许孙大麻子心里最清楚。

那些红卫兵们正为天下太平而发愁，这下兴奋了，没过几日，俞坤就被戴上高帽子，站在戏台上接受“无产阶级专政”了。

孙大麻子当官了，成了戏楼专政组的组长兼“革委会”主任，很神气。

俞坤只有背语录的份了。

团里的戏也由《白娘子》《天仙配》改唱《红灯记》《智取威虎山》这样的革命样板戏。

孙大麻子来找她，让她唱A角的。

她一直是唱A角的呀？

就知道他是别有用心了。

单典和的宿舍的门，每晚开始用八号铅丝紧紧封住。

大幕合了又分，分了又合。角色上了又换，换了又上。

软硬兼施，终无法得手。

就在又当上主角的那天，卸了妆，回家的路上，孙大麻子强行把单典和从一位少女变成少妇。

戏台上，单典和在别人的戏里，流着自己的泪。

此去经年，黑幕终于撕开一条缝。

孙大麻子在一次武斗中失了手，打死了人，他害怕仇家找，再也不敢回来了。

知青返城，上海沪剧团派人来接单典和。

去文化局，找已经做了副局长的俞坤。

三楼，俞坤办公室的门紧闭。

站了一会儿，听到里面有轻轻地一声响。

单典和愣了一下，笑笑，少顷，只见她身着戏衣，将水袖舞成一朵绽放的花朵，从啸歌楼的顶上，像只蝴蝶飘然而下。

成长

春节刚过，春寒料峭。学校选派年轻教师援藏，男友主动报了名，晚上，与同事一起为隔日启程的他饯行。

回来的路上，走到操场后的竹园旁，寒风呼呼，竹影婆娑，脑海里突然想起刚到校报到时，一位男教师描述，这里曾是殡仪馆，大烟囱整天冒黑烟的。

熄灯铃过后，校园内一片寂静。走着，想着，心里直发怵，腿也软了。

一路疾跑，拐过弯，就到住处了。

门前，火光闪烁中，有人影晃动。

“郭琪，快来拿钱吧，来拿钱啊，钱拿去，不要再找我麻烦了。”郭琪，这不是我的名字吗?

是杨波?“嗤嗤”火光中，杨波手里拿着一沓冥币，一边往火上送，口里念念有词。

接着，一大团黑乎乎的东西扔往火中，人还没来得及离开，世界已淹没在“噼噼啪啪”的爆炸声中。

天，这小子唱得哪出戏。

烟花还没散尽，杨波从地上索索嗦嗦爬起，火光隐约中，只见他衣服上面沾满灰土，背后还烧了一个洞。

这小子是学校出了名的鬼才，平时也看不出他有多刻苦，但成绩却出奇得好，尤其精通电脑，学校机房电脑坏了，经他一摸，手到病除。

刚分配到高三慢班教语文时，就听说班上有个叫杨波的同学很难缠。有一天晚自习课，他强行外出，被学校保安制止，拉扯中将保安的脸撞得青紫，要不是他奶奶哭着求情，会受到严重处分。

到校上第一堂课时，我揣着一颗惴惴的心自我介绍：同学们好！我是新来的语文老师郭琪。

“郭琪，哈，是过期了吧！”话音未落，一个高个长发男生，竟然在课堂上大声嚷起来，不知谁还打起了尖锐的呼哨，引得哄堂大笑。

我有些窘迫，大声说：“现在开始上课，刚才那位同学的行为，这里我就不深究了。从今天起，请他值一周的卫生班。”

我给了杨波一个下马威。

第二天晚饭时间，我偷偷来到教室外，杨波果然在一个人打扫教室。眼前这个难缠的主儿，极像东方神起里的那个歌星，忧郁的眼神中透着一股不羁的傲气。

上前接过他手中的扫帚说：“吃晚饭去吧，从明天起不用你打扫教室了，好好学习，迎接高考吧。”

谁知他竟昂着头，继续打扫，理也不理我。

去杨波家家访，他奶奶告诉我，他的妈妈从小就跟别的男人跑了，父亲在外地打工，至今未回。他一直跟着年迈的奶奶生活，唉，又一片没根的浮萍。

高考体检，拿着杨波和班上另一个同学顺利通过军检的通知，我兴冲冲地去将这个消息告诉他。

谁知半路上接到派出所电话，晚自习后，杨波在网吧将一个社会青年打成轻度骨折，正在公安局接受调查。

立即给他送去一套黄军棉袄棉裤，谁知不让见，只好请一位干警转交。

与学校政工处领导去带杨波时，他已在看守所待了两个晚上。他在我的视线下换下身上那套黄军棉袄棉裤，犹豫一会儿，径直捧着棉衣，送到一位年龄稍长的干警手里说：请将这套衣服送给里面那个无儿无女的老李吧。

公安机关经过调查，那天学校电脑机房检修中，杨波与宿舍的同学去网吧下载资料，一旁的社会青年大声嚷嚷，同学们与青年冲突起来，杨波上前拉劝，结果被对方一拳打在脸上，暴怒之下，他重重推了对方一下，对方未站稳，倒在地上，随即叫来一帮青年欲打杨波，网吧老板见状报了警。

经过多方周旋和协调，学校出面竭力保证，公安部门决定免于对杨波的起诉。

高考进入倒计时，同学们除了喘息，所有的时间都用来应付高考。

在我的督促下，杨波排除了杂念，复习课程每天都排得满满的。

一个黑色消息，在一个黑色的日子传来，男友在去一个孩子家家访的途中遭遇雪崩，永远留在了那片土地上。

悲伤让我混淆了日子中的水中花和天上月。那晚，我来到教室外，见到一幕震撼的场面，杨波与班上全体同学举手宣誓：以优异的成绩回报逝去的英烈，不考出好成绩不见郭老师。

一年后的夏天，我从电视里看到一个熟悉的身影，已是军医院校学员的杨波，正身背药箱，走在援藏的路上。

希望在梦的边缘

夜色下的城市，到处栽种着高楼和霓虹灯，转身流连处，没有一盏灯，一棵树属于大柱。

斑驳的路灯散发着昏黄的光，街上零星几个行人，偶尔响起高跟鞋敲打着地面，那些影子被拉长又缩短，缩短又拉长。

渐渐地，看不到他们离去的背影……远处不再昏黄，变得一团黑，黑得让人心里发怵，明明知道那里也有灯光，但看到的只是模糊的黑色。

临离家那刻，大柱娘泪流满面，牵着的孙子往回走。男儿有泪不轻弹，只是未到伤心处，大柱强忍泪水朝他们挥挥手。

路，渐行渐远。目光，一点，一点地，从儿子身上剥离。残阳瑟瑟，倦鸟归巢，忧伤凝结着的木槿花，在日子的黑洞里，燃烧着大柱忧郁的生命，轻愁如织，在枯寒的枝头缠绵。

夜的眼睛似忧伤的眼神，幽幽地张望着，在枝头高高悬挂，拒绝离去。这样的夜里，彼此都看不到黑暗中的自己。

离开儿子，像最初的生命，试图将牵挂剪断，可儿子刻进大柱心头的眼神真的难剪。沉重的行囊带走所有的思念，只留下一颗空荡荡的心，任思念的泪水切开，缝合，将大柱求职的路打得湿湿的。

因为大柱穷，不能让老婆过上好日子，她跟一个来村做古董生意的人跑了。大柱不想让自己的悲剧在儿子身上重演，所以来城里打工，为的是挣些钱让儿子接受良好的教育，将来不再受穷。

大柱娘的耳朵不好使了，上次回家听邻居说，儿子学校让家长去开会，因为她娘没听清楚儿子的话，儿子的家长会最终没人去开，为这事，儿子的嗓子都哭哑了。唉，大柱儿子的哭声，就是掀翻屋顶，他娘也不知怎么回事啊。那天，他儿子哭累了，睡梦中直喊：爹，娘，家长会，老师让开家长会呢。

大柱工作还没着落，每到一个单位，那些人的脸都像城市的路面一样，清一色漠然的表情，他们问大柱要个人档案，大柱有吗？大柱只上过三天学，就被他爹叫回家带弟弟了。现如今，所有的工作，都要高中以上文凭，对于大柱来说，这不是哪壶不开提哪壶吗？

大柱来城里打工的日子实在是糟透了，那天打零工给客户送水，那个女人跟前跑后的，将大柱当小偷来提防，换水时，大柱心里一慌，碰翻了古董架上的一个瓶子，碎了一地，女人双手叉腰，破口大骂："乡巴佬，侬知道我这只瓶值多少钱吗？告诉侬，将侬的命搭上也赔不起！"

在城里人眼里，乡下人的人格竟然不值一只花瓶，刺耳的言语戳得大柱的灵魂千疮百孔。他连声赔不是，最终在一个老乡的周旋下，将辛苦挣来的钱都给了女人才了却此事。

没有文化的大柱，只能替城里人打零工，累死累活也得不到应有的尊重，没文化找不到体面的工作，没文化注定被人瞧不起，大柱做梦都想做个有文化的人啊。

大柱终于成了文化人，有了张体面的文凭，而且是闻大中文系毕业的，不过，那是他花钱从一个穿西装的人那儿买来的。

那天，大柱正盯着电线杆上一个售假文凭的广告，看着看着，心就动了，拨打了广告上留下的号码，一个穿西装的人朝他走来，拉开公文包，亮出一大摞红红的本本："哥们，说吧，要啥文凭？高中、大学、硕士、博士……要啥有啥。"大柱激动得两眼放光，浑身颤抖，急忙掏出他娘凑给他仅有的一点生活费，递给穿西装的人："就这些，都给你了。"穿西装的人狠狠地睥睨他一眼，然后带他到偏僻的小巷地下室，挑了一个红本本，捣鼓了好一阵子，然后扔给他，气哼哼地赶他走了。

城市的夜真亮啊，只是城市的月亮没有乡下的圆，那些高楼一下子就将月亮挡在大柱的视线之外了。大柱知道这颗月亮不属于他，他的月亮留在那个遥远的梦里祭乡呢！高楼下的夜晚真凉啊！大柱像一只蝙蝠蜷缩在一间没人居住的店面房角落里瑟瑟发抖。

一阵强烈灯光刺得大柱睁不开眼，一个保安模样的人大声呵斥："什么人，干什么呢？看你这熊样，一看就不是好人，出示身份证。"

保安用手电直照着大柱的脸，锥子一样的目光在他脸上扫来扫去，大柱掏来掏去掏不出身份证，慌忙中掏出刚从穿西装的人那儿搞来的红本本，保安捏着红本本，目光缓和些许："深更半夜的藏这儿，干吗呢？"

"俺是来城里找工作的，儿子上学得花钱。"大柱一脸可怜相。

"你是俺的老乡！闻大毕业的？你是不是要找工作？富贵苑小区大门口有招聘启事，跟俺来。"保安惊喜地拿着大柱的身份证，也许同是天涯沦落人吧，他上前握住大柱的手。

大柱终于抓住一根救命的稻草了，凭着那红本本，去一家小公司上班了。

大柱被安排在销售部做客户接待，每当有客户来了，他就跟他们打哈哈，开始几天，所有客户都被他轻松地搪塞过去了。

一天，老板和助手走进大柱的办公室，他的心立刻跑到脸上咚咚擂两下，又赶忙逃回去了，脸上火辣辣的，两条小腿直打晃，手心开始冒汗，内衣渐渐湿透。他躲避着老板的目光，老板竟真的冲他而来，老板满脸的笑意背后，在他看来好像暗藏千军万马，杀气腾腾。

“将这几天的客户数据资料整理出来，下班前我要用。”老板终于开腔了。

大柱抖抖地接过老板助手递过来的一摞表格，正襟危坐，干咳一声，开始工作。

大柱拿笔的手千斤重，他装模作样，东一笔，西一笔，这时老板眼睛睁得越来越大，瞪得越来越圆，脸部表情惊讶成大问号，感叹号。

一旁的助手朝大柱手中的表格指指，掩嘴笑说：先生，你将表格拿倒了。

第四辑　此心安处是吾乡

此刻，即使我一声不语，这片梦中的草原，也该读懂我的意图，那些幽蓝、神秘、深邃，如何慑人魂魄。天空白云飘然，山把头颅高高昂起，碧绿和清新已经退到天边，那些草花光了地下的所有积蓄，在等待中憋黄了脸，于是，眼前成了一个金黄灿烂的牧场。

路过幸福路过你

小年的阳光，黄澄澄的，金灿灿的，像上帝打翻了颜料桶，成桶，成桶地，泼向大地，丝丝缕缕，叮当成韵，洒在人们的身上，温温软软，如吻如抚。大街上，人们或牵着狗，或挎着包，或提着篮，迈着轻快的步子，朝着新年的节奏，踢踢踏踏，渲染成一条流动的河流。

夹杂在熙熙攘攘，来来往往的人群中，我像一头被赶往春天的羊，揣着一份欣喜，些许惆怅，几许期待，漫不经心地往前，重一脚，轻一脚，左一脚，右一脚，走着，走着，走成了一道散漫的风景。

十字路口，红灯亮了，一辆电动三轮车在我身边戛然而止，车上高分贝的音乐声，有些刺耳俗气，却不失欢快喜气。或许因为三轮车夹杂在人群中，显得格外的扎眼突兀，人们的目光，仿佛接到一份特殊指令，开关一按，并齐刷刷地，聚焦到电动车上来。密封式的电动车车身，宝蓝的颜色，闪着幽幽的光，看上去簇新别致，是不是刚买的，并不知道。但我知道，这一刻，人们最想看到的是驾车的是何许人也。

挡风玻璃后面，一位老人，七十岁左右的年纪，身穿红马甲，头戴一顶毡帽，斑白的鬓发，根根直立，颇像阿凡提。满是皱褶的脸上，盛着春风，写满笑意，舒展成一朵向春的茶花，嘻嘻哈哈间，给寂寥的寒冬，增添了一份生机和暖意。

伴着音乐的节奏，老人嘴里哼哼叽叽，快乐的信息，沿着每根神经末梢散发。驾驶室前面的牌子上，几个红底黑字尤为显目：向着幸福奔跑。副驾驭座位上，一位与之年龄相近的老人，歪着头，嘴角向一边牵，一看就知道轻度中风。因为职业习惯，我探着身子，上前询问，原来红马甲驾车老人，是义工组织成员，边上坐着的是敬老院的一位老人，也是红马夹老人从前的邻居，刚刚中风，因为无儿无女，近日被居委会送进了敬老院。

反正退休了没事干，红马甲老人逢年过节，都会到敬老院带一二个老人出去晒晒太阳，逛逛街，看看风景，见见外面的世界。老人的举动，让我心里立时有了一丝丝温暖，想起儿时乡下的三斤抱二斤的情形。从前，乡下人家的孩子，是一个接着一个地生的，因为生得多，父母要下地劳动，带孩子的事，自然成了大的带着小的，一个带一个，这样一种特殊的传帮带方式。

如今，因为红马甲老人相对年轻些，乡村大的带着小的方式，被倒了过来，成为小的带着老的，这也是一种回归吧。试想，我们活在这个世上，谁又没有小时，谁又没有老时。一种特殊的情绪，瞬间感染了我，我的心也为之一动，变得渐渐活泛起来，回报老人一个微笑，原来爱可以传递，幸福可以传递。

好吧，那就向着幸福奔跑吧，我深深呼了一口气，打量行色匆匆的人群，学着他们的样子，将步子调整成轻快的模样。商场门前，一位扎花头巾的新疆姑娘，正在卖罗汉果花，摊位前没有顾客，看上去生意有些清淡。独坐风中的她，闲着没事，就抬头看云，看天，眼神里有一份不易觉察的忧虑和期待，还有一份沉醉与怡然。我猜，也许她在看哪一朵云是来自故乡的云吧。我停下脚步，问姑娘价钱，罗汉果花怎么卖。她左手朝着摊上一袋罗汉果花指指，右手伸出五个指头，在我面前一晃，我明白她的意思，五元钱一袋，真便宜。我掏出五元钱递给她，姑娘给了我一个灿烂的微笑。我又将目光转向摊位上那些标着内蒙古草原字样的真皮手套，估计姑娘不会讲汉语，我用手朝手套一指，她又两个拇指交叉，我立刻明白了她的意思，十元一副，我说，好吧，你早点卖掉回家过年。谁知，姑娘竟听懂了，她双手合十，朝我哈了下腰，尽管语言不通，我们的交流很顺畅，也知道姑娘一定非常开心。

有了收获后，正准备往回走，一辆专修楼房漏水的面包车迎面开来，喇叭里叮叮咚咚地，播着的摇滚音乐，瞬间淹没了大街上的喧嚣。只是，面包车在路上兜过来，绕过去，来来回回好几圈，我停下脚步，看着面包车到底玩的哪一出游戏。这时面包车径直朝我开来，主人是一位三十几岁的外地人，他摇开玻璃，探出头，问我，是不是楼房漏水了。我回，不是，我在看你。他问，看我什么。我答，我看你在大街上绕过来，兜过去，觉得很奇怪。他哈哈大笑，哦，这个啊，你们市是国家卫生城市，我的车形象不好，不能乱停啊，生意不成事小，影响市容事大了。

我有些欣慰，又有些难以释然，岁末年底了，外面的世界固然精彩，但这些外地人在栖息在街头时，整天为生计犯愁时，竟如此快乐通达。我说到某某单位吧，上次我听说他们单位楼房漏水，做完活儿早点回家过大年，家中妻儿老小等着呢。外地人说，姐，你真是活菩萨再世。

面包车渐行渐远，路边一枝迎春花静静地开了，阳光将世间万物渲染得华丽夺目。

人与人之间，走着走着，不知在某个拐弯处，就相遇了，遇着了，彼此一个微笑，传递一份温暖。给别人快乐，是一件多么简单的事，有时幸福只在一念间。

一个城市的生态絮语

时间之上，我们每个人都是长途跋涉的行者，于寻寻觅觅，觅觅寻寻中，力求寻到一个可以涵养心灵，滋养精神，慰藉眼睛的精神依托，寻到一个愉悦自己，皈依灵魂，精神层面的他乡。溧阳，江南的著名茶乡，当忽如一夜春风来的“全景旅游”这样一个新名词风靡全球时，同质化的旅游景区在全国各地爆米花似地生长，唯独地处宁杭经济生态带上的溧阳人是个精神洁癖者，他们在山养、水养、食养、药养、动养、文养中，神情淡定，波澜不惊，不再满足于“诗意栖居”，而是脉传千年人文情怀，靠山吃山，靠水吃水，寻求城市异质化发展。全景旅游，天养溧阳，成为崛起在宁杭经济生态带上的一颗耀眼的明珠。

光阴里的一部《圣经》

山绿。水滟。花红。果翠。一大片，一大片的，紫竹林花海，姹紫嫣红，满世界的招摇。白露山蓝莓林，葡萄，火龙果，梨，籽粒饱满，缀挂枝头。似谁一挥手，世间所有的色彩汇聚到这里，来一场风云际会，不经意间，打翻了上帝的颜料瓶，染就了一个七彩的曹山。

山路弯弯，蜿蜒起伏，汽车由下往上，七拐八弯，盘旋向前。虽已过正午，而作家采风团一行，游兴正浓。山路两旁，大大小小的生态农庄，像颗颗珍珠，镶嵌在山腰间，远远地，似开在树木间的一朵朵小花。层层叠叠，绿趣盎然的青山，映在水中，像天地间倒挂着的一幅画。两岸青山草木深，一片田园从中来。一路上，不时有惊喜，所有一切，都诉说着这里发生的故事和变化。

蓝莓黑莓红树莓葡萄和着田野的庄稼葱茏一片。茂林修竹间，星撒着一幢幢竹篱笆墙茅草顶的客栈别墅，远看一排排连成一条线。

踏着地上铺就的一个个石磨，进得门来，曲折迂回的泥土庭院，天井招风雨，摇落一地树叶，别有一番情趣。篱笆墙上挂着一盆盆花草，虽不名贵，但很别致。屋内清一色的木地板，木桌木椅，不加任何修饰，清风弹空琴，蝉声林间唱；俊鸟倩作歌，鸡叫犬吠忙；绿蔬遍地生，果树冲天长，丝瓜墙头垂，豆角架上挂；艳艳弗朗花，朝天喇叭响。身临其境，恍若进入世外桃源，一下子从喧嚣繁华跌入清新自然中去。

总算到了此行的目的地，上兴镇龙峰村的白露山农庄。不到三十岁的村主任迎上前来，他领着我们走进村庄深处，所有人的目光，聚集到俨然房舍上那些蓊郁的丝瓜，开着黄花，风风火火的豆角，都在拼命地向上爬，茂密地撑起了天然的绿色帐篷。人站在下面，烟柳画桥，阡陌鳞栉，禾苗如茵，尽收眼底。面前的一切现实，都在脚底生了根，有了踏实的感觉。

在农庄吃饭，饭菜也说不上很丰盛，但都是土生土长的纯天然菜蔬。木桌，竹帘，古拙朴素成为农庄餐厅主打风格。风吹帘动，透过窗户，可见芦苇婆娑的姿势，听蛙鸣鼓噪天籁的声音。置身于这样的环境中，吃的是田园景，闻的是百花香，品的是泥土味。最大的特色就是区别于城里的星级酒店拘谨氛围。

饭菜端上来了，小盘、大盆盛着。老鹅炖山菇，鹅是自家园子里养的，鲜鱼活虾田螺，仿佛龙宫聚宝，都是山里溪水里捞的。至于那些自产自给的山芋、玉米、豆角、瓜果蔬菜类等更是尽得天然风流，怡眼爽口舒心。

在这里吃饭不用担心农药残留和动物添加剂。餐桌上的酒是自家园子的蓝莓酿制的干红，草鸡是园内散养的，这些鸡除了夜间宿窝，白天与天地为友，与树林为伍，吃野草，喝溪水，得天道，骨强体健，肌肉发达，经过细火的清炖慢浸，更催发出原始的精气。特别是这里的蓝莓干红，名气很大，以至于城里人闲情来时，便特地捎上一些回家。据说网上销售非常红火，引爆京东商城。

席间，村主任仿佛一位说书的老先生，在向我们不断地“抖包袱”。

曾经的穷山恶水，缘何一夜间变成一座座生态大花园。成立于2006年的白露山生态农业发展公司，在村支书余庆贵的带领经营下，目前已有龙凤饮品公司，白露山农庄以及几家专业合作社，资产达5000万元。拥有蓝莓饮料干红等系列果蔬汁多条生产线，为村里安排富余劳力300多人，每年为当地农民创收400多万元。饭桌上的蓝莓干红就是自己农庄的杰作。因此，来这里，吃的是原始的味道，自然的味道，绿色的味道。这些味道聚合了农家饭色香味、形声气的内涵。就像雨后添了彩虹天空才格外迷人，花儿多了雨露馥郁才格外透彻一样。

来白露山，除了喝蓝莓干红，还有几样不得不吃，不得不带。那就是葡萄，糖梨，是必须吃的，七彩面条必须要带的。别小看这些面条，它们可是掺和了各种水果汁做成的，各种颜色，七彩缤纷。红的红得纯正，黄的黄得心动，紫的紫得惊心，那碧绿金黄的色泽，让人联想到了生命的绿色和财富的金黄。这天然绝配的菜肴融入生活的味道，看一眼，就会被赚去三尺口水。真是不吃对不起眼睛，不带盛情难却。

竹笋烧蘑菇，也断然不能放过，洁白如玉的竹笋，经开水焯一下，吃起来便有了一种肉感。蘑菇柔韧爽滑，带着泥土的气息，两者合在一起煮过，嚼在口里，殷实在心里。

还有西兰花的脆，南瓜的甜，蓝莓饮料的稠，都让人不吃不知道，一吃忘不了。在农庄吃饭，不用担心吃腻了，那清新的空气，农庄人的质朴，永远都是诱惑的调料，让人吃了还想吃，走了还想来。

人人都在求佛，个个都在念经，唯独白露山人有自己的个性，他们念的是一部世外的圣经。来溧阳，如果不去曹山的白露山走一走，那就少却了一份闲趣。到曹山，如果不品尝一下白露山生态农庄园里的果蔬，那便丢掉了一帧上好的风景。

所谓闲云野鹤般的生活，不过如此吧。

天地赋予的仁爱

露天之下，泉水碧澈，几十眼温泉，大大小小，高高低低，错落有致，分布在山石之间。漫天的星光，穿过茂密的竹木，透过氤氲的水汽，抚摸着层林中的浴池，闪着幽幽的光，有如一只炯炯发光的天目。蓝天遮不住，绿树掩不住，翠竹挡不住，绿草盖不住。

仲夏之夜，与友人相约江南，再次领略江南水乡的细腻纹理。在品尝了名扬天下的天目湖砂锅鱼头后，又来到了三省交汇处的溧阳“天目湖”御水温泉，试图用氤氲的江南气息洗涤疲惫的身心。

掩在树木花草后的浴池大多是露天的。池中卵石的布局，庭院中的树木花草，都像苏州园林一样，层次分明，错落有致。吸足了天地精华的泉水，从山上缓缓流下来，汇入莲花状的池中，成为一朵朵清澄碧透的莲花，盛开在碧水蓝天之中。流入方形的池中，天圆地方，契合了《易经》中不因时移，不为人变的某种机理。流入圆形的池中，则变得温婉从容，应和了大音稀声之后通透圆融的人生境界。

穿行于江南茂密的树丛竹林间，我们俨然成了一只只破壳化茧的白蝶，又像一只只叫声尖锐，身形矫健的欢实鸟儿。大地之上，蓝天，白云，绿树，翠竹，泉水，美女，成为时间这条河流最为稳妥的映衬。

造物主在创造天目湖时，格外眷顾这方水土，特意将御水温泉设计成五六十个大大小小的池。池中“咕噜咕噜”地，涌进冒着热气的泉水，池边显示牌上的温度正好是37度，恰恰最贴近人体的温度。因此，这些来自地下1600多米的古生界泥盆系的泉水，最适合排毒养生，理疗保健了。无数个温泉池，像大地的眼睛，目睹着芸芸众生工作一天后，来这里与天地做一场对话，然后将身体投进池中，交给天地，一颗颗寂寞孤独的心，由此得到最妥帖的放松和抚慰。

因此，带着一种敬畏之心和庄严的仪式感，我们认真仔细地阅读着大地赋予的这样一部圣经。于辗转反侧间，精心挑选出一件衬得上这里环境的水墨式泳装。卸去被汗津湿的衣衫，脱去拖鞋，慢慢步入池中，池中有男士友好地朝我们微笑着，到处弥漫着浓浓的人文气质，伴着温热的泉水，瞬间漫过全身。一时间，我们有了回归的感觉，所有人都还原了大地儿女的本来面目。

仰面瞑目，乐声莹空，清冽的泉水，不急不缓，在耳膜中游走，汩汩地流。雾气从周身，冉冉升腾，晕开层层水汽，池的四周一些知名不知名的植物的叶子，都低头战栗起来，微风一吹，满树的叶子，从顶至底染上了宗教式的光斑。

在玫瑰红酒泉，生姜泉，当归泉，形形色色各种温泉池间奔走，与固体的石，流体的泉，气体的氤氲融为一体，物我两忘。一些暖暖的情愫，慢慢地充盈着身体，让人顿生恍如隔世的幸福感。这种感觉竟像我柔软的，无法克制的内心。感觉，在那些花和草的绽放中，在这清淡而又不息的乐曲中，自己仿佛从亘古的沉默中被唤醒。渐渐地，额角上沁出细细的汗珠，四肢百骸，通体舒泰，心中的藩篱，也被冲洗得水一般空明宁静。在这烦躁湿热的夏日，似乎只有温泉，才是与时间最为丁卯相对的。

也许人们最先想到的两大无与伦比的自然之赏，一个是秋日赏漫山红叶，一个则是趁着夏日来溧阳泡一泡温泉，出一身汗去吐故纳新。如果没有在夏日享受过温泉，就成了人生中最大的遗憾。《水经注》中多次提到温泉的保健作用："鲁山皇女汤，可以熟米，饮之愈百病，道士清身沐浴，一日三次，多么自在，四十日后，身中百病愈""大融山石出温汤，疗治百病"。有羞花闭月之貌的杨玉环因了温泉水滑洗去凝脂，"回眸一笑百媚生，六宫粉黛无颜色"，据说杨贵妃有十一年到过华清宫养生，美容浸浴温泉，以葆其青春风韵。"春寒赐浴华清池，温泉水滑洗凝脂"这一千古名句，道出了中国古代四大美女之一的杨贵妃减肥护肤，保持丽质的奥秘。

尤其是在夏夜，天上一轮弯月，池四周到处婆娑着翠翠的竹，绿绿的树，青青的草，这又将会有着怎样的妖娆姿态。如今讲究的，早已不仅仅是形式上的泡温泉，而是一种心境，一种意境，更是一种仪式。夏天在天目湖的衡水泡温泉，泡上一杯刚上市的溧阳新茶，再拿上一本书，坐在池边的石头上，细细地品，这种静谧且充满书香的氛围，更适合倾诉，适合静思。

诗意的标点

一条路将面前的山，生生地切开，遮天蔽日的绿树又将切口缝合。马鞭草举着岁月的杯盏，风风火火地开在山腰，极像藏在美人腰间一颗紫色的痣，神秘而极具诱惑力。坐在车上从下往上看，树丛中隐隐约约，藏着的一排排“木盒子”，我想这应该是传说中的森林树屋了。它们星星点点挂在树上，见证了一座山惊人的奇特，缥缈成美芥山诗意的标点。

紫色的马鞭花在前面带路，夕阳给美芥山镀上了层金边。站在山的最高处，三百六十度观察这座山，想听听来自它内心深处的独语。导游是一位年轻的小伙子，从他的介绍中我们得知，美芥山温泉度假村，地处5A级国家森林龙潭森林深处，有着2500亩的森林面积。度假村中，缀着30多栋森林树屋，这些别致的树屋都是由中国专家和荷兰的设计师联合设计的。沿着木质的森林栈道，踏进山的深处，一个原生态的度假胜地，让我们大口，大口地，呼吸着这里天然的新鲜氧气。

我像个“朝圣者”带着初来乍到者的一份好奇，走进树屋。房型为欧式的，分为上下二层，上面一层是客厅，餐厅和厨房，里面是卧室。

屋内，桌椅，窗户，一切都是原木制作的，长长的落地窗大开着，270°的开阔视野。目之所及，可以看到远处宜兴小城的古塔，大有一览众山小的美妙。这让我们感恩大自然造化的同时，感知我们的生活中，同样做人也要有大格局。往往站得高的人，才能看得远，才能永远都是生活的强者。

茶来了。茶叶在杯中升腾舞蹈，千娇百媚。于是，我有了一种探究它前世今生的欲望。原来这是山里刚采的新茶，这种茶经山泉泡出，更加清洌甘爽。大家围桌而坐，品茶聊天，苍松竹林深处，时不时传来蛙叫虫鸣。坐在森林树屋，内心有千言万语涌动，想立马捉笔记下这一切，好为自己找个情绪的发泄口。

那么，就留下来吧。来美岕山，春天可以去竹林挖竹笋，夏天可以茶园去看萤火虫，秋天可以到果园去采摘，冬天就去“无闻茶空间”品茶。而后点上一份用野生斑鸠叶制作而成斑鸠叶豆腐，感知天地的慷慨赋予。导游说这种豆腐只有美岕山独有，且有清湿热、解毒之功效。

夏天美岕山是最多情的季节了。来这里，带上三四好友来山中泡美岕山温泉。据说，这里的温泉来自1788米深处，温度高达46度，含有各种微量元素，可以滋养皮肤，对预防老年人骨质疏松，冠心病都有好处的。

如此生态自然的好地方，我想等我老了，带上家人来这里，每天只做一件事，那就是冥想，修养，享受自然。如果能遇上一位世外高人或隐士，便是世上极其幸运的事。

总之，在这片文化厚重，天地涵养的水土上，不该有任何的杂念，扰乱我的心绪。因为无论是我偶然一回眸，还是你的劈面相逢，我们的灵魂终将离开，无从抵达。

会唱歌的石头

再登普陀，正是初冬飞雨，天灰地暗，巨浪滔天，寺院峭立，人间繁华敛尽时。

素有“海岛植物园”之称的普陀山，四面环海，潮生梵音，古樟遍野，紫竹婆娑，幽幻独特，不失为“第一人间清净地”。寺塔崖刻、梵音涛声，皆充满佛国神秘色彩。岛四周金沙绵，渔帆竞发，青峰翠峦，银涛金沙环绕着古刹精舍，是高僧沙弥参拜的佛地，善男信女祈福的圣地。

普陀的雨，也是细细的，绵绵的，不断线珠子似的，绸缎般柔软，清洗得天地别样的静默，天一静默，人心中的藩篱，也被冲洗得水一般空明宁静，树梢上落下的雨，点点滴滴落入尘埃，归于静寂。这样，静的更静，暗的更暗，惆怅的更加惆怅，一切都暗合了佛家净地的意境。

青石板铺就的路上，沾上雨，一行人走着，湿滑无比。道路两旁翠绿的树，似乎更暗沉了些，却更加浓厚了。走着走着，同行的人便稀稀拉拉的，队伍渐渐松散，有人咕哝：什么天呢，坏了兴致。

天似穹庐，笼盖四野，一路走向纵深。树荫里，隐隐约约不知从哪里传出清丽静谧的佛乐，初时不过一些安静的，空灵的，婉转的，低调的音符，细听原来声音是从石头里传出的，有同行的人惊喜地嚷：咦，石头怎么会唱歌?

头顶不断有懒散的云飘过，有勤快的风吹过。再往前走，到处有会唱歌的石头，仔细观察，竟然是一个个用石头伪装了的小音箱。渐渐地，同行的便都静了下来，每个人的脸仿佛朵朵莲花，层层叠叠，次第绽开，眼前仿佛有粉的，紫的，黄的，红的五彩缤纷的花，一下子，全开了。后来，连包裹花朵的叶子们都低头战栗起来，竟像我柔软的，无法克制的内心。有些潮湿的液体，慢慢地充盈着身体，感觉，在那些花和草的绽放中，在这清淡而又不息的乐曲中，自己仿佛从亘古的沉默中被唤醒。

普陀梵音，余韵不绝。此刻，早已把自己交给苍茫，把喧嚣的城市留在了身后，心地也纯净起来，有了隔世离空，浮世飘零的感觉。

在开始热闹的南海观音处，摩肩接踵的香客，同行的人都各自走开，寺院里有信众在念佛，笃笃木鱼声一下，一下传来，久久不散。许是瞌睡了，或是远道而来，疲惫不堪，或是人老了的缘故，快一声慢一声的，在我看来，愈发彰显出世的本真和安详，和儿时听到的外婆打连枷的声音一样的好听，倍感亲切，那是尘世间的温馨。

此刻，我成了一个读者，细细地，一字一句地，去读每个人的表情。人们的虔诚，人世间的光华，生怕错过一个字，一个词，从而错了普陀梵音的意蕴。

走近普陀，感觉别样的清静，海面上吹来的风中，路边石头里婉转的曲，细腻的唱，钟磬梵音，此起彼伏，隐隐约约的烛光，是香客们上香的烛火，红红的火苗，寂寂地荡漾。原来，普陀的底色，最终是温暖的。

雨住了，沿着木板铺成的路往回走，清冷的风中便漾起阵阵涟漪，石头里的歌声渐行渐远，百转柔肠之后，似思念，又似祝福。

春萌冬萎，自然之造化，同样，作为人也不能自列于山水之外。一样的景物，一样的声音，却有了千姿百态的好。想来，因了不一样的心境，石头也会唱歌。

步步莲“话”

留得残荷听雨声，这是古人说的。去普陀山普济寺途经一荷塘，那如江南男子性格温文性格的细雨，稠稠的，绵绵地洒在残荷上，却听不到一点点声音。

灰暗的天光下，冷冷清清悄然而立一池残荷，花开过，莲蓬采过，那些曾经遮天蔽日的青荷，大都折戟沉沙，栽到泥水中了，只有几茎残荷在风中坚守，不扭摆，不低头，一副纤尘不染，巍然不动，宠辱不惊的泰然。

还记得上次来时，正是人间四月天，见到的是团团疯长的荷叶，一池的绿意，别样的风情。然而，好久不来，荷老了，真的老了，而我不来，你怎么可以老去呢?

看着一池颓败的枯荷，心里突然觉得好像缺了点什么。原来面前的枯败之像，是不符合我的审美观念的。想来这水中芝兰，生于沧浪而成于风露，于风雨飘摇中凋零，甚而萎败了。但我知道，它们始终是坦诚且矜持的，也许是阳光，目光，烛照太刺眼，它们才低下高贵的头颅，遮遮羞颜吧。

荷又称之为莲。芙蕖、鞭蓉、水芙蓉等是其雅称，荷含苞待放时称之为荷，开得大方起来，灿烂起来，肚子微微隆起来，便称之为莲了。当它们繁华落尽时，一挑挑莲蓬里，饱含着一颗感恩戴德的莲实，其精神是如此的富有，也许，那才叫活着，活过，到这繁华世界走了一遭找到真正的归宿，也算得上是求仁得仁吧？

荷的冰清玉洁，出淤泥而不染，濯清涟而不妖，中通外直，不蔓不枝，深受多数人喜欢。以至于《红楼梦》曹雪芹笔下晴雯死后变成了芙蓉仙子，贾宝玉在给晴雯的殁词《芙蓉女儿诔》中道："其为质，则金玉不足喻其贵；其为性，则冰雪不足喻其洁；其为神，则星日不足喻其精；其为貌，则花月不足喻其色。"

"看取莲花净，方知不染心"。相传莲是王母娘娘身边的一个美貌玉姬的化身。人间双双对对，男耕女织的怡然让玉姬动了凡心。她逃出天宫来到人间，甚而流连忘归。王母娘娘知道后用莲花宝座将玉姬"打入淤泥，永世不得再登南天"。曾经的千娇百媚，虽九死而不悔，从此守住内心的风花雪月，似一阙阙高挂在人们心中的灯盏，散发着岁月的芳馨，照亮人生旅途上的雪泥鸿爪，辙印履痕。

再走几步，看到普济寺门前的荷塘里开满艳丽的荷花，水晶蝉翼般的红花瓣，娇艳灿烂的金黄蕊，熠熠生光，直把弥天暗影衬托得金碧辉煌。近前细看，原来是绢花，终觉悖逆自然。

拂袖转身。在去南海观音的石板路上，刻有大朵大朵的莲花，人走在上面，正好是一步一朵，有人数了共 18 朵莲花，遂问看门僧人，方知这就是传说中的步步莲花。

僧人点头。关于此，还有个典故，据说，释迦牟尼本是天上的菩萨，下凡降生到迦毗罗卫国净饭王处。净饭王的王妃摩耶夫人，美丽贤淑，国王和她感情笃深。新婚之夜，朦胧中摩耶夫人看到远处有一人骑着白象从她的右肋钻入腹中。摩耶夫人怀孕了，脸上泛着淡淡红晕，似一朵绽开的莲花。娑罗树下，摩耶夫人降生佛祖时，百鸟和鸣，万花盛开，琼香缭绕，瑞霁缤纷，大地铺彩结，人间散氤氲，沼泽中突然开出伞样大的莲花。佛祖一出世，便在莲花上，一手指天，一手指地说：天上天下，唯我独尊。释迦牟尼觉悟成道后，起座向北，绕树而行，一步一莲花。

南海观音处，高大的南海观音金身塑像立在巨大的莲花上，慈眉善目的观音菩萨一手持净瓶，一手执白莲，俯视芸芸众生，人间万象。有信众在观音像前奉上朵朵黄色莲花，在这人间繁华敛尽时，这鲜活的莲花从哪里来，名叫做什么，始终未能知道。只听说这是人们专门用来供奉佛祖和观音菩萨的。大殿内佛祖释迦牟尼的坐像，结跏趺坐在莲花台上。据佛经说，这是释迦佛祖修道成佛后向信徒们讲经说法的姿态。

后来在翻读佛经书籍时，还知道人们还将佛国称为“莲界”，寺庙称为“莲舍”，和尚的袈裟则称为“莲服”，和尚行法手印称为“莲华合掌”，和尚手中使用的“念珠”也是用莲子串成。以莲子作念珠掐念，所得之福，可谓“千倍”。

莲的花语是信仰。莲与佛教所主张的出世人格，有着天衣无缝般的契合。佛教认为，人间烦恼多于恒河沙数，人生应如莲，宁静、愉悦、超脱的心境，是莲花所蕴含清净的禅意，只有心似莲花，才会步步生莲。

此心安处是吾乡

多年前，在城市高大的写字楼里，我与一台电脑桌面上的草原相遇。那开满鲜花的草原，像一块五彩缤纷的地毯，羊儿在上面欢快地奔跑，奶牛低下头静静地吃草，头顶那片靛蓝，甚至让我多次怀疑，莫非是谁不小心打碎了上帝潜藏的一瓶蓝墨水，将天空这块最大的幕布，染成碧蓝碧蓝，无边无际的一大片，然后缀上朵朵棉絮状的云朵，完成的一副上好杰作。

这个秋天，我每天面对电脑，脑际萦回，日日逼视，夜夜梦想，那一片宗教的蓝，像潜藏着无限的密码，念念之间，始终绕不开它，心早已飞向了千里之外，辽阔的草原。

背起行囊，远方即是故乡。

乌兰布统

一条路，将时光打开一道缝隙。从遥远的南国，越过千山万壑，穿过繁华的都市，一群来自全国各地的文朋诗友，涉水而过，一路向北，来到乌兰布统，与草原对坐。一双双眼睛，紧紧盯着路边，也许一生只能相遇一次的风景。山丘、绿川、小溪、牛羊，不时从窗外掠过。不知是谁带头唱起《我和草原有个约会》，歌声一下子打破了所有人的专心致志。紧接着，流行歌曲、方言戏曲、诗歌散文，纷纷登场。来自台湾八十六岁的诗人金筑，兴奋地唱起《美丽的草原我的家》，歌声将一路的疲惫甩向身后。

车沿着坡地拐过一道弯后，我们终于到达目的地，有人激动得高呼：草原，我来了。原来所有的跋涉，都是为了这一刻的幸福。

乌兰布统草原位于克什克腾旗的最南端，与河北围场县的赛罕坝林场隔河相望，曾是清朝木兰围场的一部分，离北京只有300多公里。康熙皇帝曾御驾亲征，在这里指挥20万清军大战噶尔丹。因此，对我们来说，即使是初来乍到，也有一种触摸历史，回到过去的感觉。毕竟这里曾经有过金戈铁马，杀声震天的一段历史片断，待我们去探究。

此刻，即使我一声不语，这片梦中的草原，也该读懂我的意图，那些幽蓝，神秘深邃，如何摄人魂魄。天空白云飘然，山把头颅高高昂起，碧绿和清新已经退到天边。那些草花光了地下的所有积蓄，在等待中憋黄了脸。于是，眼前成了一个金黄灿烂的牧场。

沧澜之下，洁白的羊群星星点点，像撒落在草原上的珍珠，在草地上悠悠地，整体挪移。零星开着的，知名不知名的野花，开得热烈，姹紫嫣红，似燃烧的火把，透着一股成熟的颜色，将天地之间模糊起来。天边，牧羊人脚步变得轻快，羊群呼吸更加平缓。缥缈间，更加凸显出那些不设围墙，不设篱笆，烟雾缭绕的蒙古包。

涉过布满野花的草地才知道，“春有百花秋有月，夏有凉风冬有雪”形容的一定是我们面前这片浩瀚无边的大草原了。欧式草原风情的乌兰布统草原，处于丘陵与平原交叉地带，兼具南秀北雄之美，春夏秋冬景色各异，春可赏“一川草色青袅袅，绕屋水声如在家”的美景；夏可唱“无边绿翠凭羊牧，一马飞歌醉碧宵”的牧歌；秋可品“黄毯悄然换绿屏，古原无语释秋声”的神韵；冬可读“西风应时筋角坚，承露牧马水草冷”的意境。

每当春天来临，冰雪消融，草原裸露着身体，无声地接纳风雨和薄雾。小草悄悄探着脑袋钻出泥土时，这里又成为人们踏青的地方，从四面八方涌向草原的人们，高举起手中的相机，取景框里并映出各自需要的风景，乌兰布统草原从而被称之为摄影之乡。

到了夏季，脚下的草原，近处的羊群，远处的碧水，头顶上的蓝天，都成为天然画廊乌兰布统草原最原始的调色板。

而秋天更让草原多了一种特别的韵味。金莲花如万点金星落地，四野一片金黄，漫野铺陈，格外耀眼。在沟壑或平地，茂盛的草呈现着它们的肆无忌惮。或通红通红的，或雪白雪白的，或灿黄灿黄的，或瓦蓝瓦蓝的。一片片，一簇簇，一丛丛，成了大专院校学生假期——草原最瑰丽，最原始的写生天堂。冬季，一场铺天盖地的大雪将草原变成茫茫一片银色的原野。长达五个月的积雪，成为滑雪爱好者的乐园。人们穿上各色艳丽的蒙古服装，带着雪橇，坐上马车、羊车、驼车或马拉爬犁，将积蓄一冬的情绪释放。那一刻，天上漂泊的白云与草原上洁白的羊群成为草原流动的风景。

眼下，这个秋季，一群人带着都市人的好奇和梦想，一路向前，走进一望无际的草原深处。越过一个山坡，前方几十座蒙古包群呈八字形排列，造型别致。原来，这里还因有了不寻常的历史，影视界也把这里作为理想的外景拍摄基地，从而成为中外闻名的影视外景基地。电视剧《康熙王朝》《三国演义》《射雕英雄传》《直奉大战》《血泪情仇》《六个梦》等50多部影视片都来这里拍摄过外景。听领队夏寒说，远方那片圆顶房屋，就是当年拍摄《还珠格格》而建的露天影棚。于是，一帮人像放出笼的鸟，沿着原上小道，一路奔去。

白桦林

草原的秋天，渐行渐远。因为我们的到来，一片白桦林立时变得喧闹起来。这些沙漠上的精灵，也许天地太初时，就默默地，在此生长，它们白垩色的树干，笔直挺立，心地无尘，襟怀坦白。侧枝清一色，绕着躯干四周，不离不弃，抱着一团，努力往上伸展。

也许它们知道，沙漠里有阳光，有空气，但有时就是缺少水，尽管这样，生长是它们唯一的方向。它们东一簇，西一片，在沟边，在山顶，坚韧执着，肆意地生长。无论是在和煦的春光下，还是朔风的侵袭下，它都像画家笔端的素描，更像草原上坚守的旗帜，与一些阴暗的东西形成鲜明的对比。因为这世上谁都明白，今生今世不长好，明年明月何处看。

它们翠绿色的叶片绿得发蓝，蓝得发黑，黑得发亮，在阳光下翻转，仿佛无数个铜钱，闪闪发光。一阵秋风吹过，将树叶摇曳得沙沙作响，像对对情人窃窃私语。我的身边，聚集着一群诗人，此时绝大多数脑海都莹回几首关于白桦的诗了。此行，他们来寻景的，也是来寻诗的。

穿行于林间，脚下踩上去软软的，空气中弥漫着落叶淡淡的香，一群人心中暖暖的，快乐得要飞。一位写诗的女子，随口吟起诗来。看来白桦林与文人有着魂的联系，白桦树没有文人的诗，也就少却一道风景，一种韵味，就像草原上没有了羊群，蓝天没有了白云。

这时，悠扬的马头琴声传来，一位老哥的笛声也响起来，蒙古舞随着飘飞的裙裾，在蓝天下飞翔。我们放下平日端庄的淑女形象，与乐声一起狂欢，将倩影留在取景框中，将曾经的梦想与心情一起放飞。穿行在树间，猛然发现，林间竟没有看到一只小鸟。此刻，假如我是一只小鸟，一定会栖在它们的枝头，头顶蓝天，目视草原，高声地吟唱。

将军泡子

夕阳西下，帘卷晚天。从宿营的蒙古包处，一路向东，面前呈现出一片茫茫无际的草原。抬头看天，周边齐刷刷的，没有一丝残缺，蓝蓝的天幕上，云霞斑斓，像一个倒扣的彩色大铁锅。

天边飘出几缕炊烟，地上隆起一个个小包，看上去像远年的坟包，直到走近，看到几个手拿兵器的将士，威武而立的塑像后，才从领队那里确认，这里有着一段快要风干的历史。原来，康熙曾带领20万大军，在这里与噶尔丹打过一场恶仗。如今，脚下黑土地里，永远沉睡着一位大将佟国纲。

与文友一道顺着马车走过的辙迹前行，脑海中浮现出，临行慈母风中飘飞的白发，每日闺房冷窗下的怅惘，夜半思乡难耐的寂寥，临阵前声声无奈的叹息。茫茫旷野中，金戈铁马，号角连营，箭飞如雨。阵前，飞舞的战旗，骤急的马蹄，震天的呐喊，喷溅的鲜血。将士怒目圆睁，临死前，朝着那个叫着故乡的地方，望上最后一眼，然后像大山一样，轰然倒地，化作黑土一堆，永远坚守着祖国的疆土。

眼下，北方绿色绵延的沙丘，层层叠叠，绵延到天际。细看，不远处有房屋，快步前行，近前一看，古战场，已没有什么古迹可循，只有一堆堆沙垛，一片片荒草，努力生长，在百年后的原野开着野花。出现在我们面前的只有一块石碑，上面刻着“将军泡子”四个字，我的心跳突然失去节律。

所谓泡子，就是草原上渗出的地下水自然形成的一个个小湖泊，称为“泡子”。在这荒无人烟的地方，将军佟国纲让我们读到曾经不为人知的历史，让我们在灯红酒绿中，能够停一停脚步，去与英雄进行一次心与心的对话。

视野开阔处，有白花花的一处，继续前行，一个沙丘前，一大片开阔的流水，水中一丛丛芦苇，虽然瘦弱，但坚挺笔直，错落有致，好像是给摄影师安排的天然道具。此时一群马飞奔到湖边来喝水，群马入水，溅起朵朵水花。即使再铁石心肠的汉子，也难抵眼前的惊叹和震撼。谁也不能想象，几百年前，这个泡子曾经见证将军可歌可泣的人生壮美。

夜幕降临，这时该有几声羌笛或马头琴，于苍凉之中，去领悟人生诸多况味。但我怕奏出的，都是那些长眠地下的将士，最不想听到的哀音，既然这些文人不忍听闻，那就让一切淹没在草原的夜色之中。

往回走吧，篝火晚会就要上演。

狼图腾

夜色渐浓，没有月亮的草原，像罩在一口大铁锅里，黑得彻底，黑得纯正。将军泡子边的蒙古包里，晚餐还在进行中，热情好客的蒙古同胞，捧上色泽焦黄，香味诱人的烤全羊。众人一拥而上，争着拍照。从来不吃羊肉的我，经不住草原特有美味的诱惑，在同桌文友的相劝下，我抱着拼死吃河豚的心态，尝试着用筷子挑上一小块，怯怯地放到嘴里。鲜香脆嫩，全然没有想象中的羊腥味，也就是这一口，让我彻底改变了对羊肉的看法。

一声如泣如诉的马头琴声，在寂静的草原夜空悠然响起，抑扬悲壮的蒙古长调，在旷野牵出另一番情愫，与草原夜的黑一起潜生暗长。匆忙丢下饭碗，涌向门外，直奔晚会现场。

篝火吐着长舌，闪着光阴的光芒，舔红了每个人的脸。据说狼怕火，因此，篝火也是牧民吓唬狼的一种手段。人们自动拉着手，围着篝火跳起草原上的锅庄，舞蹈一下子拉近了人们之间的距离。诗人夏寒，一位地道的蒙古汉子，古铜色的肌肤，衬托得他更加朴实阳刚。他即兴一段开场白，带着磁性，粗犷浑厚的男中音，吟起自创的散文诗，诗歌带着强烈的向心力，将人们的心烘得温暖而熨帖。在这样的狂欢之夜，草原成了诗人狂欢的舞台，这个夜最终属于诗人，属于狂欢的所有朋友。

夜深，狂欢的草原像个冷静的男人，恢复以往的沉默。人们依依散去，走向蒙古包。带着兴奋的情绪，走进蒙古包，草草洗漱一番，熄灯睡觉。然而，怎么也没有睡意，黑暗中，壁上狼神的眼里露着凶悍警觉的光，这让我想起曾经的一个故事。据说，狼有着与生俱来的野性，但有时通人性。曾经有个女子喜欢独行，一天，她在野外看到一窝刚生下的“小狗”，却不见狗妈妈，于是，善良的她就抱着它们回来细心地养着，渐渐地，“小狗”长大了，长出长长的尾巴，尖利的牙齿，怎么看也不像狗，有人说像狼。当女子明白了这一切，决定将它们送到野外，让它们回归自然。可是，前脚将它们送走，它们后脚就回来了，怎么送也送不走。直到有一天，女子坐上越野车，将它们丢在很远，很远的茫茫大草原上，看着它们追着车，距离越拉越长，身影越来越模糊，女子掉下不舍的泪水。

它们再也没有回来，这些生灵重回大自然，女子也松了一口气。回家后，女子一直惦记着那群“小狗狗”，这里我们暂且这样叫它们。向来喜欢旅游的她，一年后，又故地重游，谁知天空下起了大雪，女子宿在蒙古包里，大雪封门，又饥饿又冷，半夜里，突然“咚”的一声，不知谁从窗户中扔进一根羊腿，女人很是吃惊，透过窗户，女子看到夜色中几双闪着绿光的眼睛。女子知道，她曾收养的那群“小狗狗”来了。以后的每天夜里，女子都会收到这群“小狗狗”——实际上是曾经被她收养的一群狼送来的食物。一周后，天空放晴，女人终于走出草原。

草原上有多少蒙古包就有多少的故事，有多少故事就有多少个精神连接点。想着关于狼的故事，突然对画中的它有了一种敬意，于是紧紧盯着它的眼睛，彼此交流着心思。枕边细细体味寂静草原之夜浪漫情趣，耳旁风吹芦苇的沙沙声，空气中充斥了同伴的鼾声。看来，今夜注定无法入眠。直到第一缕阳光把眼前的一切都染成金色，我一跃而起，准备当天的行程。

草原之夜

从大峡谷原路返回，已是下午五点时分。旅游大巴沿着松软的沙路，一路颠簸，蜿蜒爬行。峡谷中绿得发蓝的溪水，娇艳欲滴的各色野花，茂盛得半人高的草，洁白的羊群，粗犷朴实的牧羊人，都成为大家谈论的话题。这时，车身猛然一沉，伺机回过头来，摊摊手，无奈地对大家说，车陷入沙漠中了。

大家纷纷跳下车。有人说，一起推吧。所有人一拥而上，七手八脚，弯下身子，使出吃奶的力气，大喊，一二三，推。可庞大的客车纹丝不动，依然故我。这时伺机说，用锹挖吧，然后，再用石块垫上推。

于是，有人驱车到几里外，向牧民找来铁锹，动手挖起来。此时此刻，为了一个共同的目标，大家齐心协力，三三两两地向草原深处走去，以求迅速找到石块。在草原，除了沙丘，就是草地，想要找到石头，犹如在大海里捞针了。尽管如此，为了那越陷越深的车轮能够早点浮出路面，大家还是有了足够的耐心，低下头来，俯下身子，仔细地寻，默默地找。

一位扎着两个羊角辫子的小姑娘，像个小精灵似地，一转眼，已向草原深处飘去，她是河南一位作家的女儿。小姑娘左手拎着的裙摆，水绿色的衣裙，尤为耀眼，她走走停停，像茫茫草原上一个诗意的标点。突然小姑娘右手高高举过头顶，兴奋地喊叫起来。循声望去，只见她手里高高举起一个色彩斑斓的石头，有识货者兴奋地嚷嚷，哇，宝贝啊，一块雨花石哎。接受天地精华的石头，在夕阳下闪着温润的光，撩拨着每个人的神经。

几个女子趁机摆着各种姿态，让随队的内蒙古艺术家候洁春为她们拍照。原来，女人好像天生下来就是草原上的一道风景。天上的云霞，像一条色彩绚丽的锦带，浮在头顶上，仿佛一伸手就能扯下。

夜色渐浓，星星跃上头顶。草原的天气，刚刚还是秋阳暴烈，这会儿却是寒意逼人。车轮下的土挖开了，可车越陷越深，深成了一个大大的坑。看到这样的情形，一时半会儿，车肯定出不来。这时，不知是谁说，天晚了，狼该出来了，几个女子的脸，“刷”地变了色。再看着天色，刚刚叽叽喳喳聊天的女子，心里怵怵的，都闭上热闹的嘴巴，失去了原来的闲情逸致。

草原的夜黑得彻底，黑得伸手不见五指。抬头看天，星星戏谑地眨眼，不知谁突然冒出一句，明天就要分别了，一时间大家陷入了沉默，变得有些伤感起来。车越陷越深，寒气阵阵袭来。为了取暖，大家挤在一起，看着几个穿着裙子的女子瑟缩抖抖的样子，一个男士索性脱下身上的罩衫递给一个女子。此刻，女子们也顾不得矫情，拿起衣服，大大方方地披在身上，报以感激的微笑。男士们突然有了担当，打开手机充当照明，到牧场边上，找来木棍，燃起火，立时，红红的火光，舔着大家的脸，暖了每个人的心。

临近午夜十一点，领队联系到另一辆车，才将大家接回。

人们在等待中也收获了意外的风景，我也有机会聆听到西部散文选刊主编刘志成老师为我讲的有关如何写散文的一课，也是我人生旅途中最难忘的一课。这就是所谓的“失之东隅，收之桑榆”吧。

风景如人，平平淡淡总是少了些神采，当草原上所发生的故事成为风景的注脚，草原之行并平添了几分瑰丽。风景无言，却因故事生动起来，草木不语，乌兰布统草原却因故事有了灵性。

此行，虽然说是一次笔会，我却作为一次旅游。其实，草原之旅，何尝不是一次人心的旅游呢？

我是惦记你的一滴汉江水

我是千年前汉江里的一滴水。

时光一错肩，逝水写流年。古城襄阳，一朝回到你身边，我就苦思冥想，2800年来，你一成不变的古意拙朴，一如既往地吐故纳新。你曾经关联着怎样一段人文历史，到底根植着什么样的地方文化，连接着什么样的时代精神？

仲秋，雾气缭绕的早晨，阳光薄薄的，脆脆的，似层玻璃糖纸，透过温润的空气，甜蜜而芬芳。古城襄阳，循着历史的足迹，惦记着你古老的气息，我打太阳升起的地方，携着人文智慧的光芒，与汉江汇成一条青罗带，裹着岁月的风雨，循着“华夏第一池”的足迹，蜿蜒而下，去探访你的前世今生，领略“襄阳好风日，留醉与山翁”的诗意风景。

阳光瀑泻，目光邃远。地处中华腹地的你，襄阳古城，像一个上了年纪的老人，虽历经风雨沧桑，却2000多年如一日，居楚鄂西北，扼汉江中游，凭山之峻，据江之险，外揽山水之秀，内得人文之胜，“楚塞三江接，荆门九派通”，独特的地理及战略位置，让你成为历代兵家必争之地。

水静流深，脚步缓缓，一路走来。襄阳古城，你恰如一杯味道纯正的文化美酒，只可细品，不可“牛饮”。此刻，虽是黄叶满地，秋意无边，但我依旧记得你当年的模样。在这里，我曾见过汉诸葛亮隆中躬耕垄上，隐身求学10年。刘备三顾茅庐，拜谒求贤，马跃檀溪，关羽水淹七军古战场，闻名天下《隆中对》。依稀中，我还能从城内古隆中、襄阳古城池、米公祠、习家池，这些名词中，一一道出你当初如何成就“出师一表真名世，千载谁堪伯仲间”的深远历史。

遨游历史的星空，我变成一股水蒸气，徜徉在小东门斑驳的门楣上，追踪你梦开始的地方。我仰望“襄阳古城”四个大字，触摸蹲在门前的石狮，穿过幽静的门洞，门额上“铁钥襄荆”古老的名字，将昔日风云历历重现。在这里，我见过白起、关羽、岳飞、李自成金戈铁马，浴血鏖战，成就了铁打的襄阳城。在这里，我聆听过王维泛舟汉江，吟唱“襄阳好风日，留醉与山翁”的优美诗句。领略过李白衣袂飘飘，吟诵“襄阳行乐处，歌舞白铜鞮。江城红渌水，花月使人迷”诗风仙韵。感受过孟浩然儒雅孤高，叹羡“微云淡河汉，疏雨滴梧桐”雅韵流风。在这里我目睹杜甫、皮日休的璀璨诗作，留下了半部唐诗在襄阳的印记。

揉进荆楚文化的魂魄，伍子胥、刘秀、诸葛亮，这些历史名人，在你瀚海星河里熠熠生辉。在这里，面对人文彬盛，自古繁华的你，金庸才思涌动，妙笔生花，写下《射雕英雄传》《神雕侠侣》《倚天屠龙记》三部武侠剧，在历史的宣纸上，为地方文化重重描上一笔，你也因此才有了魂，有了灵气。天下隆中对，千年灵秀地，武侠传奇城，成为你的文化名片，这些都是人们为中国十大名城之一的你设计的“LOGO”。

2000多年来，你不事张扬，沉默不语，这足以证明你是个智者，是一座有风景，有生活，有历史，有内涵的城市。你知道，一座城市，没有文化难以传承，一方水土，唯有历史载得久远。如今，你与地方风物一起，拂袖迎风，聚合追求。在前行中寻求认同，迎纳变迁，发散梦想。

自古商贾汇聚的你，汲山水之精华，借得一江水，赢得十里风光，占得当年“南船北马”“七省通衢”的优势，凭借内陆重要的交通和物流枢纽，一座座现代化大桥，长虹卧波，横跨汉江，再现“襄阳城，城八门，门门跑马；汉水河，河九汊，汊汊行舟”的繁华景象。

水蜿蜒如龙游大地，万山耸峙似虎踞长空。在城市现代文明进程中，你在汉江柔情的怀抱里繁衍生息，长驱突进，大开大阖，迅速扩张，老城区仿古文化一条街上，牌楼耸立，飞檐翘角、古味浓郁。新城区高楼林立，河道纵横，古风今韵，天人合一。荟园、襄阳公园、阳春门公园，国家森林公园鹿门寺，绿树葱茏，岩壑林泉，绿趣盎然。依山傍水的古城墙、古隆中、绿影壁、仲宣楼、昭明台、习家池，绿柳婆娑，松柏参天，褐石错迭，层林叠翠。在清亮亮的汉江水映衬下，你有了庄园般美丽的外壳，水墨画一般的清新容颜。

时光流动，阳光像绽开的雏菊，节节攀升，闪现着光华。我将芦苇的花絮高高举过头顶，顺流而下。金秋的汉江两岸，莲香扑鼻，瓜果飘香，俨然成了垂钓的中心，万鸟的天堂。丰衣足食的乡村，江岸的村庄们，到处沉浸在收获的喜悦中，水中漂的，船中载的莫不是庄稼成熟的气息。氤氲的水汽里，潋滟的波光里，点点白帆，沙鸥翔集，渔歌唱晚，汉江到处流淌着大地的声音，古城襄阳，你也真实地呈现出柔媚的一面。

经过时间的浸染，从流动的时光中走来的我，为自己找到了下一个行走的方向。古人将日月经天，江河行地并称，都含有永恒不变之意。古城襄阳，在你永不褪色的青衫里，究竟藏着什么样的魔力？竟把这座古城变成我和人们心中向往的故乡，与天地同在，为你千古长流。你特有的文化气息，就如无形的长线一样牵系我的灵魂。当我靠近你的时候，就找到了归宿，靠近了微笑，靠近了幸福。

宁夏 宁夏

宁夏，我来了，一株凡俗的草，情窦初开，放下世俗，开始想念远方的春天。

在这个万物渐渐丰满的季节，我从美丽的黄海之滨飞向你的甬道，住在黄河边，吃着黄河水，唱着你的歌，念着你的谣，听着你的故事，诵着你的诗句，然后溶入你的血液里，去做一次永久的皈依。

身后高高的贺兰山脉和头顶上一只只不知名的鸟儿，围着我吧，让我闭上眼与你们来一次幸福的拥抱。

河滩上，流浪了整个冬天的羊和我一样，期待天顶上温暖的阳光驱走内心的寒气。

被蓝色颜料浸染过的天空下，青草的呓语，小鸟的呢喃，阳光的虔诚，还有我的吟咏，一遍又一遍反刍着《黄河大合唱》的雄浑之音。

不要去寻觅第一个走上丝绸之路天涯羁旅的屐痕，三万年前，他踏破铁鞋，越过千山万水远走他乡，再也找不到来时的路。

不要去探究是谁的胡笳声声叩开西夏的大门，那些轻歌曼舞，早已淹没在黄河号子的声声呐喊中，嵌入沟渠纵横，阡陌相连的“塞上江南”肌肤里。

不要追问丘陵山坡下，谁是开挖出一排排窑洞，第一个挥镐刨土的那个人。

打开曾经的梦幻，盐碱滩被改造成沃土，放进玉米，放进牛羊，放进贺兰山放进成片树木森木。

多年前，他早已看到了的前方的炊烟袅袅，村庄杨柳，小桥流水，人丁兴旺。

这不是幻觉，看吧，所有梦想进入你的信仰，渴望，火一样燃烧在黄土地上。

满手掌装的都是大豆，高粱，在阳光下噼噼啪啪，热烈爆响，红红的枸杞在阳光下放逐梦想。

满喉咙的黄土唱出来的都是高天流云，曾经沧海的欢畅。

满心装的都是浑然未开，秀外慧中的光芒。

满胸膛装的都是树静草闲，野花烂漫，珠玉满堂。

穿过丝绸之路，车辇滚滚旌旗猎猎。

透过唐宋的风，星光呼啸着进入午夜的森林。

翻开我的教科书，我听到了驼铃声声，马嘶驴鸣，一朵云低低俯下身来，一粒沙子急急飞过来，一株杨柳妩媚地坐下来，是塞北江南河边的临水照花，是百川之首楚楚动人的姿势。

是上下五千年的生死相依。

宁夏，请理解我对你如此的虔诚，如此的幻想，请允许我再次将你膜拜，并允许我大声对你说“我爱你”。

我知道，越过万千人群，我也不过是黄河里的一滴水，大漠里的一粒细沙，贺兰山落日下的一个剪影。

宁夏，今夜我要去黄河边取一把泥沙做个暗记。

我要让我的儿女我的子孙世世代代走近你，记住你，解读你。

我要告诉他们，这一粒来自西夏，这一粒来自西周，这一粒来自秦朝，这一粒走过大唐。

我还要说，宁夏，来了，我就不想走。

因为我自打看你第一眼，就想进驻你梦里，从此不再醒来。

黄河金岸

一条河流像条巨龙，从巴颜喀拉山上挟沙裹石，摧枯拉朽，咆哮而来，潇洒地拐过九曲十八弯，悄然远去。

烈火焚烧过的黄土地打开胸腔将你包裹。听着“花儿”声声，西北之魂，你成为一只温驯的绵羊，离大地更近。

隔着沙湖无数只候鸟的鸣叫，接天莲叶，枸杞晶莹，我看到千年前黄皮肤、黑头发的一群人，在贺兰山脉，开疆拓土，种下了庄稼，种下了村庄，也种下了无数的子孙。

穿过沙坡头的风沙，听着“大漠孤烟直，长河落日圆”的千古绝句，我看到最古老的水车在你身边飞舞，浑厚的歌谣从羊皮筏子上手拿木桨的老人胡子里飞出。

其实我更想趁着羊皮筏子在黄河大峡谷看你，看你一年又一年，鲜花，野草，树木，弯月散晓星，晨烟伴鸟鸣。

去看中华黄河坛图腾过客千帆的梦想，仰望青铜峡大坝的雄姿，身后黄河西岸的喇嘛塔群。

玉米高举着旗杆飘出醉人的香气，“黄河金岸”一个太阳般质感的名字，在这个名字里面，每个停息的小站都有打捞不尽的历史。

在灵武黄河书院面前，听到了千年前琅琅书声，我慢慢渗透自己，先是思想，而后是灵魂。

平罗头河湾，春风杨柳千丝绦，弹着竖琴，扬着花。

这里的情思随风舞，随云飞。

我的内心也从波澜壮阔到风平浪静。

在吴忠黄河楼上，每个迷人的笑脸都是温柔可人的，都是亲切的，我早已将它们深置于心。

透过这些，我看到隐身的草色，明媚的河流，落在枝头的莺啼。

我的情思，固守着一切美好的词语。

到底需要多长多久的谪放啊，我若置身三万年前，许我落在你身旁。

而经年之后，兑上一壶酒，对着天上的明月，谁将和我一道，祭奠我精神的归宿，我前世的故乡。

黄河说

从亘古出发，几万年的时光只是匆匆一瞬。

越过悬崖万仞山，我以奔跑的姿势横冲直撞，泥沙俱下，与贺兰山融化的雪水一道，汇入大地的血管，栖身在白云背后的家，从此被称作为家乡。

在一个个炊烟袅袅的早晨黄昏，我见过百万年前的蓝田猿人刀耕火种打鱼狩猎。

在风沙漫漫，尘土飞扬的河滩上，我的血滋养过三万年兴盛的王朝。在高高的贺兰山畔，我和成吉思汗的子孙以血换酒。

在每个四季妩媚，莺歌燕舞的岁月，我敞开胸膛，品味春耕秋收，硕果满枝。坐看晓风残月，桃红柳绿，收获荷红藕胖，瓜果飘香。

和着天光、飞鸟、日影，以及果蔬的气息，混着花香、情人的呼吸，以及树荫下的私语。一切动物和一切植物都在继续匆匆赶路，说出大地最丰富的语言。

草坡上一群吃着绿的滩羊忘记带菜篮子，它们个个长着高傲俊俏的白长脸，像个大家闺秀，又似位思想者。它们低头闻着大地的气息，各自猜着山林、绿地、美景，以及草尖上的露珠的心思。

时光在后面追赶，试着我的定力。

听着一曲牧歌，不再寻找什么思念。

踏过一片草场，又奔向下一个始点。

走进一片春天，我汇入一片苍茫。

静默千年华清池

读白居易的《长恨歌》全篇，所念念于心的是“春寒赐浴华清池，温泉水滑洗凝脂，侍儿扶起娇无力，始是新承恩泽时”。字里行间，缱绻柔情，蜿蜒缠绵，令我看不到尽头，沉吟至今。

循着华清池的踪迹，我来了。在它面前，我仿佛触摸到了历史跳动的脉搏。踏足华清池大门内，湖中央，半披浴纱，足踩温泉水的杨贵妃雕塑，清丽脱俗，风情万端，我见犹怜，由不得不去探寻她的前世今生。

南依骊山，北临渭水的天然温泉华清池，倚骊峰山势而筑，回廊环绕，红柱挺立，雕梁画栋，楼台馆殿，遍布骊山上下。这里山是绿的，水是绿的，天是绿的，地是绿的，一切绿得让人心醉。

在华清池畔正面看骊山，虽蜿蜒连绵，但并不峭拔，它宛如一条沉睡千年的长龙横卧在我们面前，这样的山形被风水学喻之为龙脉，俱有王者之气。难怪周、秦、汉、隋、唐历代封建统治者，都在这块风水宝地上砌石建宇，兴建行宫别苑。

这不，周幽王来了，修筑了“骊宫”。秦始皇来了，修就了“骊山汤”。汉武帝来了，建成了“汉骊宫”。唐太宗来了，筑就了“汤泉宫”。唐高宗也来了，再建了“温泉宫”。到唐代第七位皇帝唐玄宗李隆基来了，就不想走了，因为有个杨玉环而不想走。为了这个绝代美人，他在前朝宫殿的基础上，环山列宫殿，宫周筑罗城，修建了登山夹道和通往长安的复道，将长安的“大明宫”“兴庆宫”连为一体。新宫落成，李隆基赐名华清宫，后因宫内多温泉浴池，又名“华清池”。

“高高骊山上有宫，朱楼紫殿三四重。”清风暖阳下，富丽宏大的建筑群，从山顶至山下，宫殿林立，楼阁相属。宫内置百官衙署及公卿府第，新修有玄宗皇帝专用的“御汤九龙殿”、杨贵妃沐浴的“海棠汤”及供百官公卿沐浴的“尚食汤”“少阳汤”“长汤十六所”，使华清池成为我国罕见的大型温泉池，于是，有了“天下温泉二千六，唯有华清为第一”之说，有了郭沫若的“华清池水色青苍，此目规模越盛唐”著名诗句。

“汉皇重色思倾国，御宇多年求不得。杨家有女初长成，养在深闺人未识。天生丽质难自弃，一朝选在君王侧。回眸一笑百媚生，六宫粉黛无颜色。”据说，杨玉环出生在陕西华阴，随父入川，受都市熏陶，性情温婉，举止优雅，17岁便出落得如花似玉，美若天仙。由于唐玄宗的爱妃武惠妃病逝，后宫三千粉黛无一人能及，于是，五十六岁的老皇帝偷偷地爱恋起自己的儿媳。这种有悖人伦的事儿，放在今天也会受人指责，但是，他却做了。

杨玉环被册封为贵妃，从此“后宫佳丽三千人，三千宠爱在一身”“门外千宫罢早朝，三郎沉醉不知晓”。唐玄宗为她扩建了温泉宫，建了海棠宫。每日里“骊山飞泉泛暖香，九龙呵护玉莲房”，杨贵妃在这里荡涤尘垢，享受着温泉赐给她的尊贵，温暖与惬意。

杨贵妃36岁生日时，唐玄宗为她举行了盛大的宴会祝寿，仅乐工就有120名，场面极其壮观。“缓歌曼舞凝丝竹，尽日君王看不足。渔阳鼙鼓动地来，惊破霓裳羽衣曲。”华清池畔，日日笑语，夜夜笙歌。在唐玄宗眼里，玉环是当世最美的女子，又和他一样精通音律。昔有伯牙弹琴子期听，可见知音对唐玄宗而言有着磅礴难挡的魅力，更何况爱情的魅力还远远不止于此。

华清池出土时，发现了唐玄宗赠送杨玉环的爱情礼物——在池中间的一块贵妃沐浴时所用的条石上，还清晰可见刻着“杨”的字样。在莲花汤浴池中间有个进水口，汉白玉雕刻的莲花底座上接有莲花喷头，下接陶水管，与泉水源头相通。可想而知，当年唐玄宗和杨贵妃共洗鸳鸯浴时，水从莲花口中喷出，飞珠溅玉，水雾漫起，柔情蜜意也弥漫了整个华清池。

莲花汤是李隆基沐浴的地方，李隆基是狂热的道教徒，他希望通过沐浴与天相连，在清泉、莲花的护佑下，求得一种解脱，一种升华。所以莲花汤造型奇特，上下两层台阶不同的造型，上平面四角呈写实的莲花状，下平面为规则的八边形，“八边”代表着大地的八个方位，取“普天之下，莫非王土”之意，莲花的设计则在大地八极之上，完全合乎于根植大地，花浮于水的自然规律。通过水、土、花，天、地、人，自然与宗教的整合，沐浴与自然的沟通，从而实现延年益寿、长生不老，“天人合一”。

“七月七日长生殿，夜半无人私语时。”唐玄宗与杨贵妃曾在骊山半山腰的长生殿前相依而立，仰望星空，羡慕牛郎织女的多情，伤感人世间的多变，于是双双跪地对天盟誓，愿生生世世不分离。因此，莲花池设有两个进水孔，同时设有双莲花座，池岸周围有双排石础，这些双孔、双座、双排有着并蒂莲开的寓意，应和了唐玄宗和杨贵妃“在天愿作比翼鸟，在地愿为连理枝”的誓言。

然而，闲看花开花落，王朝兴替，如花美眷，似水流年。杨贵妃也如大多美女一样，终究躲不开命运的纠缠。借着“骊山语罢清宵半”的好辰光，这个“祸国”的女人，在安史之乱之际，与唐玄宗逃至马嵬坡前时，将士相逼，不得不被玄宗赐死，其时她才38岁。

昔日里还是“缓歌慢舞凝丝竹，尽日君王看不足”，转眼间竟已“九重城阙烟尘生，千乘万骑西南行”。只落得马嵬坡前“一掊黄土收艳骨，数丈白绫掩风流”。

至此，一场惊天动地的“黄昏恋”始于骊山，成于华清池，殒于马嵬坡。

“开辟鸿蒙，谁为情种？”山盟虽在情已成空。开元盛世，皇图霸业转眼成灰。

弹指间，华清池已静默千年。

昔日的皇宫禁苑，天子御汤，今日已成为融风景园林、文物遗址、温泉沐浴于综合性的旅游胜地。

离开时，正是华灯初上，所有建筑都被动感彩灯照射得扑朔迷离。华清池内的九龙湖恍如骊山脚下历史留下的一面镜子。当大型水上舞台缓缓浮出九龙湖水面时，《霓裳羽衣舞》又将演绎曾经怎样的繁华？

第五辑　半亩方塘一鉴开

一杯香茗，一炉幽香，一本史书，静静独坐，领略人生的况味，天际之浩渺，四季之神韵，此时看花花解语，看草草能言，清约宁静，心灵朴素平和，填补了生活中多少物质的空白和遗憾。

感恩地活着

时光的轮子每天在转动，一边是快乐，一边是忧伤。生活日复一日，机械往返，一面是现实，一面是梦想。活在这个世上，眼前是值得紧握的璀璨年华，中间是飞快流逝的时光，身后是我无法忘记的回忆和淡淡的伤感。

弹指一挥间，在虚掷 N 个春秋后，又一次跨入生日的门槛。清晨，当我睁开眼睛，阳光正高举着岁月的杯盏，木棉花似地大朵朵地开放。鸟声啾鸣，市声沸沸透过窗户，声声入耳入心。打开手机，一个个祝福短信通过手机传来，内心深处似一把蒙尘已久的竖琴，被轻轻拨动，时光突然被擦得丰盈明亮，富有质感。一种叫幸福的感觉，从心底荡漾开来，莲花般开放，如影随形，真实而有温度。

有时候得到了一片云，却幸福了整片天空。突然明白，其实我们想要的并不是太多，一声问候，一个微笑，一个眼神，都足够让我们倍感生活的温馨美好。

我也因此有了一种感恩的感觉，感谢上苍让我借了美好的名字来投生——峰旻：巍巍一座山，足够得高了，加上一个“旻”——秋天的天空，完整的意思就是秋天的山峰高达天空，而要真正让我去顶天立地。生命多美丽，而生活又让我们承受多少的担当。

因为懂得了感恩，我们更加珍惜生活。生活中，我们总在用记忆或忘却感受某种境状，某种启悟，某种哲思。多年前，我从春天出发，成了大地之子。所以，每天，我都感恩地活着，感恩启蒙我的春天，感恩母亲给予我生命。在享受生活的同时，总在不断地感恩，感恩生我养我的母亲，感恩在那里一天天长大的村庄，感恩每天一睁开双眼，依旧有人来人往，依旧有爱情在激荡，依旧有人们在歌唱，依旧有莫名的感伤。

因此，每年生日这一天，我就会想起母亲，想起村庄，想起曾经那砖墙青瓦的小屋，屋后蜿蜒晶亮剔透的小河，那绿荫覆盖的古槐树，铺着大树影子睡觉的大黄狗，那雨后老农吆牛扶犁的田畴，那布谷声中母亲播种的一蓑烟雨……一幕幕成为今生弥足珍贵的插图。

掠过小区盛开的茶花，穿过一种心情，一种意境，路边永远是茂盛的香樟和女贞，都市里开着不同的花穿过我的倒影和年华。喜欢黄海之滨这湿润的空气，这样令人容易变得年轻的空气，它适宜去做梦或神游，去思念去痴想，也适宜记住或忘却；喜欢在那悠长的深巷中行走，风声沙沙，微笑浅浅；脚步轻轻，心绪淡淡。我希望那深巷没有尽头，这样我的脚步就可以不用停下来，有些美丽就可以一直、一直延续不老，永远艳阳高照。

早饭后，沐着温暖的春阳，闻着清凉的花香，特地穿一回高跟鞋，让自己回复淑女时代，而后有节奏地叩打地面，起伏着往前走。影子在时光中刻下一步一个晨昏，一步一个欣喜，一步一个思恋，一步一个流连。

不知不觉中，哼着轻快的曲子来到菜场，再一路选择能留住我脚步的地方。然后回家亲自下厨给孩子们做了最喜欢吃的醉河虾，香菜炒粉皮，糖醋排骨，红烧黄花鱼。

从小与母亲一起，原以为永远也不会离开她，谁知终于一天，像燕子一样离她而去。我拿起手机拨通家中的电话，告诉母亲，我要回家看看她，隔着电话，依稀感觉到那端母亲欣喜的声音。

转身又到超市买了妈妈最喜欢吃的食品，现在，我特别珍惜与孩子在一起的时光，因为我知道，当她们渐渐长大后，羽毛丰满后，她们会拒绝我去拉她们的小手，有一天，她们会像雏燕一样飞翔，远离我，正如我远离母亲一样。

午饭后，归家的心似箭，手握得住飞驰的方向盘，却握不住飞逝的时光。阳光下大朵，大朵开放的，是我对母亲深深的愧疚，风中一节一节拔高的是我记忆中的童年和乡村。

事先知道我来，母亲早已在风中等候，风吹乱她的头发。七十多岁的母亲，身体已不如从前，腿脚也不灵便了。每次看见她一天天苍老，我的心也在一点点抽紧。因为有孩子牵住，每次回家总不能够有太多的时间陪母亲，这又让我的心总在隐隐地作痛，痛的是不老与母亲长久待在一起，痛的是人永远不能与时光抗衡，而我的母亲正日落西山，渐渐老去。人们总说时光不老，那么我的母亲，你怎么可以老去？

每次回老家最难的就是和母亲说再见，每一次转身离去时，母亲总会跟着我，走到屋后相送很远，直到我再三催促，她才依依而回，嘴在却再三嘱咐：有空再来啊，再来！那一刻，我的眼中总有一种湿湿的东西打湿一片时光。

如今，在穿过一个又一个城市，走过一条又一条街道，仰望一片又一片天空，见证一次又一次离别后，似乎，淡然了很多，看透了一切，少了一些青涩和不安，但更多了一些歉疚和感怀。

回来的路上，接到萍打来的电话，约晚上一起吃晚饭，此时此刻，因为有了友情的阳光照耀，生命变得通体透明。这一天，活在亲情中，沐浴在友情里，温暖于爱的海洋里，我幸福而温暖地走在人生的路上，平静地穿过那些风景和风雨。透过斑斓叠嶂，歌声不灭，时光不灭。

花之荼靡 果之永恒

冬天一脸的漠然，天空飘着寒雨，地上脆裂着枯叶。

在苍茫寂寥的大地上，冰雪冷酷无情地，肆虐一切扎根于泥土的植物。当无数生命用消极的冬眠躲避严寒的时候，有一种植物却始终保持着清醒，毫无畏惧地伸展出光秃秃的枝干，把毕生的心血都凝结成无数个小小的蓓蕾，一任寒风把它们摇撼，严霜把它们包裹，飞雪把它们覆盖。

门前那株蜡梅不知在星夜的何时盛开了，开在这个枯寒的季节里。柔弱的身躯兀自冲向天空，光秃的枝丫上，却没有一星半瓣绿叶遮挡风寒，就这样在贫瘠的土壤里忍受着煎熬，开着透明的、娇弱无力的、淡雅的小黄花，吐着高雅的清香。

那清香不是静止的，它无声无息地在飞，在飘，在流动。在那淡黄而又清浅的绽放里，临寒独开的蜡梅也不知道用了多大的力量才如此盛开，开得衰弱，却很坚强。挺着身躯仰面看成群鸟儿在它的身边自由地翱翔，诗意成天空标点的情怀。此刻，什么叫搏斗，什么叫坚持，只有蜡梅知道。

看着它的背影，一枝的春意，一树的生机，擦亮平淡无奇的日子，成为时间长河里的一个个微小符号。瘦弱中透着的坚强，我很想说心疼，而蜡梅一定不允许我用这样一个近乎温情的词，这样的词语也许是对她的亵渎，因为生命与美本来就互为一体。

在此之前，我天天站在阳台看它，而它就是一点动静也没有，久久不开，心里时常埋怨，却不知原来等待花开，是一个多么艰难的过程啊。也许，任何欢乐和美都源自痛苦，都经历了殊死的拼搏，但是世人未必懂得这个道理。

我深深地陶醉在蜡梅的风韵和幽香之中了，似乎又明白，它是从冬天走到春天枝头的花朵，见证那些光阴里发生的故事。

有这样一位女孩的生命，似开在我心头一朵时间上的花朵，像一条轻柔的绸缎滑过我的身际，拂过我的脸颊……

也许做一株蜡梅就必须坚忍，必须顽强，必须敢于用赤裸裸的躯体去抗衡暴风雪吧？这样的问题一直缠绕着我，且深深烙进我的记忆里。

正如人们所说：人无千日好，花无百日红。女孩有着与花一样好听的名字，她，叫杨艳，正是桃李年华，今年刚 20 岁，生得干净清秀，在常州某高校读书，成绩优秀，且画得一手好画。当生命如一朵花开到极致的时候，女孩却得了白血病，但她自强不息，想在家乡博物馆开个人画展。听此消息，我和同事扛着摄像机去采访，其实心中很想去见见她到底是怎样一位坚强的女孩。然而，因为领导又临时安排我们另外的紧急任务，原打算送给女孩的钱生生攥成一朵花，至今躺在包的角落里。

有些时候，越美的花也越容易凋零，但结出的果实也许是最醇香丰硕的。

女孩成功举办了个人画展，她多才多艺，大胆精美的设计，积极乐观的生活态度引起了广泛关注。在那次画展上，有位叔叔欲送她一本厚厚的小说，与她同来的朋友欲言又止，因为朋友知道，由于病魔正一天天地折磨，女孩的视力已严重下降，也许随时会有看不见任何东西的危险，而女孩微笑着收下了。此刻，朋友背过脸去拭泪，这样的举动女孩是看不到的，谁都理解，叔叔的心意女孩能不领吗？而那么一本厚厚的书，她还能看完吗？

我虽然不知道女孩是怎样看完这本书的，但女孩清秀面庞如安静的音乐，似缕缕清笛，那些日子，我站在城市一隅的窗口，总有一个女孩清秀的脸庞如影随形，不由在幻想女孩那年轻似花似月的脸，轻柔，静谧，安详。

再后来打电话想去看她，她已去了省城医院接受治疗，想见她一面，终未能如晤，而有关她的消息竟如石沉大海。此事令我一直无法释怀，成了我心头一个不小的结。

前些日子，突然收到女孩托人从医院送我的一对常州“宫梳名篦”，木梳弯弯像一艘随时等待起航的小船，盒子的反面打上“千里共婵娟”几个金字，上面烫有“鸳鸯戏水”。捧着她送的礼物，似有千钧重，眼睛瞬间有湿湿的感觉。

女孩正值花季，也许这件礼物原本是女孩闺中珍藏着的物品，听说她的秀发已在一根根掉落，也许这把“宫梳名篦”她一时用不着了，既然用不着，就让它化为一个音符去飞翔吧，她给我的礼物，也许就是她追赶风中飞翔的音符，对于她来说，那样的音符，那样的呼唤，比笛声还要婉转清越。

关于蜡梅，关于女孩，也许有人会问：因为疼痛何必要开花结果呢？其实开花是个很自然的过程，一个疼痛的过程，如果说花到荼靡是一种宿命，那么开花结果就是掌握在自己手中的抉择。

花开花谢了无痕。不是每一朵花都会结果的，但每个人都可以有绚烂的花期，丰硕无形的果实，也许盛开时都是孤零零的，没有别的什么花卉愿意一起开放，甚至没有一簇绿叶陪伴。开花绝不是为了结上炫耀之果，更不是为了献媚，只是为了向人们展现风骨和气节，对生命意义的理解。

其实，人生又何尝不是一个花开花谢的过程呢？一些人的人生就像流星划过般短暂，但只要活得纵情，活得充实，就会像恒星一样绽放出持久的光辉。年轻美丽总有一天会成为过往，精神充实、完满向上，才是值得我们用一生去追求的永恒。

失忆的妆台

花开了，又凋谢，只剩下几许寡淡的气息，在绿意盎然的枝头散发着静简的香。刚下过一场雨，妆台上蒙上一层厚厚的雾气，很想借这场雨挥去我烦闷的心情。用纸巾轻轻拭去镜面的一层水汽，对着妆台，镜中的容颜，略显憔悴，皱眉间，时光已自撩起长发的指间悄悄溜走。

自从调到新的岗位，连日的高速运转压得我几乎喘不过气来，许久没空写自己的文字了，好多话总来不及细说就成了终身遗憾，有些文字来不及记录会糟蹋一颗温柔的心灵。时间留给我的只是一坛被岁月封存多年的陈酒，当年华渐次老去，镜中今天的我已不是昨日的我了，除了文字留下举杯畅饮的过往，就只有早现华发让我徒增莫名的惆怅和忧郁罢了。

总是怀念那个青葱岁月，明知不会再来，也喜欢在无人的时间去回味。一些生命纷纷远离我而去，生活每日你方唱罢我登台，浓墨重彩，演绎精彩又无奈的人生。

每当夜阑人静，卸去华服，揽镜自照，白天那个光彩照人的我与现在的我恍如隔世。妆台前的我，傻挂着苦瓜一样的脸，镜中的那个人也显出同样的表情，我苦苦一笑，镜中的那个人也对着我苦笑一下，我扮个鬼脸，镜中的那个人也是同样的表情。妆台前那些无声的语言，是我这些年来水墨走湿了的情怀。

前日回了趟老家，事先打了电话给父亲，母亲去帮弟弟照看侄儿了，家中只留下父亲一个人。年逾古稀的父亲，耳朵也已不好使了，有时候任凭电话铃响得几乎掀翻屋顶也不会去接，但当我刚刚拨通家中电话时，父亲仿佛能听到，隔着话筒也能感觉到父亲的激动，掐指算算离家的日子真的太久了，心中顿生愧疚。

曾在南京某单位干行政工作的父亲，身材魁梧、高大伟岸，那时每当父亲去学校送东西给我时，同学们都羡慕我的父亲长得高大帅气。

那天，当我的车驶到屋后时，远远就看到父亲立在巷头等我，满头白发在风中乱飞。乍一看，父亲像个快要落了叶子光秃的枝丫，显得孤独而苍老。我的心猛地抽紧，眼睛变得湿湿的，而面前的父亲高兴得像个孩子似地有些激动，弓着腰身，将我迎回家中。许久没好好细看父亲了，面前的父亲仿佛是突然间老了，牙齿也已脱落，步子显得有些蹒跚，满头银发映衬得父亲越发显得苍老。

从前的父亲总喜欢拉着我对着妆台左照右照，高兴地调侃说我长得如何的像他，自从我离开父亲后，父亲就从来不拉我去妆台前了，也许父亲真的不想面对自己的苍老。

如今放在我家中已经掉色的老妆台，是那年父亲与同事去江西办事带回来的，据父亲说，那天他和同事去山里采购物资回来的路上，走着走着，竟与同事走散了。

山里的夜晚，月黑风高。父亲一个人行走在深山老林里，山风呼呼，虎啸狼嚎，令人毛骨悚然。大概走到下半夜，父亲一个人竟与狼对峙上了，父亲用火柴点燃身边的枯树枝，到后来甚至烧掉随身的行李和衣服才吓走那条狼，身边没有一粒干粮的父亲，在原始森林里行走了三天三夜，偶尔捧点山泉解渴。攀行在崎岖山路上的父亲舍弃身上其余的东西，就是没有舍得扔掉从当地老乡那儿购得的留给我做妆台的一块香樟木。

临到我婚嫁时，父亲原先为我准备下的妆台已成多余的了，因为我所购的嫁妆是最新款的组合式，一款造型别致的妆台已包括其中。结婚那天，我临走的时候，忽然看到父亲抱着那个妆台跑到我面前，当我回绝父亲说不用带走旧式妆台时，父亲的眼泪竟在眼眶里打转，最终我还是带走了那个老式妆台。

那个时候的我真的不懂父亲，直至我也为人父母后才知道了当初父亲为什么舍弃其他一切，而拼命捍卫一块为我做妆台的香樟木了。现在那款老式妆台又被我从储藏室搬到房间里来，每天早晨我都会静静逗留在它的面前，每当看到它就会想起父亲。

如今的父亲似风中的残烛，微弱的火焰在风中摇曳。若是什么时候，风稍稍偏离方向，油尽灯枯，老父亲再也不能在风中拉着我的手，用几乎没有神采的眼神注视我了。

沉默的妆台，前照古人，后照来者。妆台一天天在失忆，亮晶晶的时光，就不知不觉被这镜子照了去，日复一日年复一年，青丝变了白发，尚无悔，只是一副百转柔肠，想来，就只为镜子而生了。

缅怀也好，叹息也罢。时光依然一天天在流逝，妆台从来就不会留下昨日的记忆，真想拥有自己宁静的天地。期望没有纷扰，没有竞争，没有死亡，没有病残。我知道那些都是美好的幻想。当一切太沉重的时候，寻得书本，重温年少时诗意的浪漫，我始终坚信面朝大海，春暖花开的日子，有那么一天会光临我心灵的小屋。

半亩方塘一鉴开

列车奔驰在一望无垠的田野上，窗外所有风景都被抛向远方。被抛向远方的还有那两条铁轨，它静静地卧在那里，就像生活的两条单行道，将快乐和忧伤都抛在了后面。

掠过眼前镜面似的池塘，低头吃草的老牛，锦绣般绚丽的水乡风景。天、地、人，都恰到好处地融合在一起，让人有了稍纵即逝的感叹，惊鸿一瞥得铭心。

车厢内的广播里播放着一个关于水乡行的大型文艺节目，主持人轻松诙谐的语调，还有极具穿透力的歌声，伴随车轮与地面欢快的磨砺声组成了优美的交响曲，令人心驰神往。

望着窗外想心事，思绪飘忽得不着边际。坐我身边的姑娘合上刚捧在手上的一本书，托着下巴兀自想着自己的心思。

小桥是淡墨描绘的一抹轻颦，时光中听风、听雨、听岁月静静流过。当飞波流韵的池塘从眼前掠过，立时有了水墨式的缥缈。朱熹的诗句便不可遏制地跳入我的脑海："半亩方塘一鉴开，天光云影共徘徊。问渠那得清如许，为有源头活水来。”

朱熹这首小诗虚实结合，步步紧扣，再读再品，原本浮躁的心，随着诗中的半亩方塘铿锵成一鉴而开的春水了。

走入朱熹诗中的半亩方塘，是怎样的一片天地呢？“半亩方塘一鉴开”，蓝天白云下，明丽清新的田园中，波光粼粼的一片水塘，似云影天光下辽阔地摊开的一面镜子，开笔即铺陈得恬静而幽雅，沁着水痕的故事，插上了想象的翅膀，让人有了千般的幻想。

“天光云影共徘徊。”这面“镜子”中倒映着蓝天上飞翔的云朵，那清澈的水面多么静谧可爱，让人如此地徘徊，蓝天在水光潋滟下松绑、雨露为空气浇灌，荡涤去尘世多少烦愁，在这样的意境里，万般俗事皆抛下，淡泊而忘忧，不再去想来时的地方。

问渠那得清如许，这水为什么如此清澈呢？他高兴地自问答道：为有源头活水来。笔锋一转直抵事物的内核。无论是杏花春雨，还是秋水落霞，水都是一样的妩媚、一样的情怀滋养着万物生灵，因为源头总有活水汩汩而来，亘古不息。

在诗意匮乏的时代，一池的流水似日子一样缓缓驶过，多少繁华经过岁月的沉淀，返璞归真归自然：心灵的自然，天地的自然，出岫的白云，悠悠的行空，飘逸流韵。

一幅美丽的自然风光图卷，已经令人读后清新明快了，更令人叫绝的是题目，是观书的感想。当我们一杯香茗，一炉幽香，一本史书，静静独坐，领略人生的况味，天际之浩渺，四季之神韵，茶香之袅袅。此时并会看花花解语，看草草能言，清约宁静，心灵朴素平和，填补了生活中多少物质的空白和遗憾。天象与物像，读书与心灵，有机地融合在地一起了。

朱熹在赞美读书有所领悟，心灵中感知的畅快、清澈、活泼，以水塘和云影的映照畅叙出来了。他的心灵为何这样澄明呢？因为总有像活水一样的书中新知，在源源不断地给他补充啊！

朱熹的一首小诗，给我们诸多启示，多读一点好书，由此，察己则可以知人，察今则可以知古，摒弃浮华给予我们过多的欺骗。天然去雕饰，清水出芙蓉，真正的美丽是来自心灵，不是粉饰得来的。读一本好书，亦如结交一个纯洁透明的知心朋友。读之就如漫步在曲径通幽的林荫小道上，远离了尘世的喧嚣，回到天地自然中去。树木花草夹杂泥土的芬芳，那豁然贯通的云影天光，如次第绽放在心灵上的花朵，充满盈盈暗香，沁人心脾。此刻，人世无情，花木有心。

复杂的，归于简单；做作的，归于自然。

千帆过尽处 你的歌声倾倒众生

“也许，千帆过了还在等，也许，笑眼泪光盼到那个人。”尽管时光一年年，红了樱桃，绿了芭蕉，尽管岁月流逝，容颜老去，再度邂逅“天王杀手”的华人歌手周华健，聆听昔日“阳光游子”的歌声的那一时刻，便有了另一种心境，滋生了别样的情愫。

当繁华落尽，当铅华涤去，唯有一代巨星周华健的歌声留在记忆里，与我们同在。透过炫光魅影，虽经年不见，但我们看到眼前的周华健变得更加阳光帅气，成熟老练，健康向上。一首《花心》让他那极赋磁性的歌喉充分展现，一曲《传奇》不失自然柔和的元素穿透时空弥漫整个会场，一曲《真心英雄》充满张力的激情演绎，让观众为之振奋，为之疯狂。而2011年新版的一曲《花旦》却忧郁缠绵，如泣如诉，娓娓道出人生的一份况味，生活的诸多无奈，穿越时空，直击人心。尽管花花舞台多缤纷，而《朋友》那份真情挚爱却《风雨无阻》，越过千山万水，越过世道人心，醇香浓郁，绵延持久。

“也许，动了我的情，乱了你的心，蓦然回首是谁的人生。”我是听着周华健的歌长大的，而面前的他，幽默诙谐的话语，帅气本真的形象，虽经岁月的打磨，但从时光深处迸出的光芒，却依然让少年疯狂，中年激动，老年欣喜。这次他借全国巡回演唱来东台拼图个唱，听说是特地为灾区献上一朵玫瑰的公益活动。这种爱心奉献，真情演绎，又一次让我们为之感动。而整场演唱会，周华健都是在乐队现场伴奏下演唱的，相比当下那些全凭花架子，一旦离开了伴奏带，音色大变，魅力全无，唬弄观众的歌星，他的形象再次在我们心中闪闪发光，又多了一次感动心动。

歌声悠悠，流过梦一样人生。舞姿潇洒，坚定和柔情并存，忧伤和阳光同在，给人温暖和感动，迎来了掌声，幻化了乾坤，倾倒了众生。当掌声如潮水般涌向他时，他谦虚地一次次给观众致敬。当汗水淋湿衣衫，这个已过天命之年的歌星的一份执着，一份敬业精神，又让所有观众为之心痛。

夜未央，人不眠。站在立体的舞台上，他感慨地对观众说，在每次演唱会的庆功会上，他都会放声大哭。也许生活就如剥洋葱，每剥开一层，都让人流泪。也许演艺生涯就如人之饮水，个中冷暖，唯有自知。不过一份生命的执着，对艺术的追求终不会放弃，正如他在新歌《花旦》中所唱：为你歌唱就是我要的人生。

“也许，抖落了一身风尘，也许，不到白头热情不会冷。”演出现场，我身旁有一位老大姐时常激动地站起来，挥着双手，时常高呼尖叫。是的，音乐让心相通，音乐使人年轻，“阳光游子”洁净的歌声涤去心中所有阴霾，卸去生活的藩篱。在他面前，老大姐没有了“老妇聊发少女狂”的顾忌，在他不老的歌声里，岁月少去了夏和冬。他的歌声，让青春不老，岁月无痕。

落花自有情牵处

一阵风过，似无声的黑白老片，穿越了时空，便听得花儿们一声轻轻叹息，生命从春的萌芽，到秋的成熟，已经走完一个轮回。生命物种在秋的原野，杳如黄鹤。

我也搞不清楚，昨儿还是嫩绿媚人，独占一枝春的花儿，竟忽如一夜秋风起，便纷纷随流水落风尘，是不是因为希望中的人久期不至，伊人不再，伊面难见，悠思绵绵……才纷纷凋损、委顿的呢？残留着那几茎残叶，却在风中无疑地坚守着，无声地向我传递这个季节最后的信息了。

一时间，花瓣如绮霞片片，已飘然坠落，铺作地衣红绉，离开了这纷纷扰扰的人世。魂魄飘在离恨天外，飘缈云中。春梦随云散，飞花逐流水。带着酝酿已久的梦想，决然地离开了枝头，无悔而潇洒地，在空中划出一串串绝美的弧线。看她坦然浅笑的样子，便知她要去做一次生命中更有意义的旅行。

都说落花是季节的表情，要不然这个季节里，为何到处留下了她浅笑的痕迹。当她在风中，尽情地狂舞成一场红雨，然后静静躺满一地丽影的时候，唯有此刻，我也才读懂了花儿们的心思，也许这是一种相知，一种怜惜罢了。也许一地落花，是镌刻在这个季节，最后一幕的美丽，是梦的终结，又是另一个梦的开始，她在用生命谱写着一个永久的梦。

花儿谢去，生命从此有了新的内涵，灵魂在那一刻升华在百花之外，以孤芳把秋日笑傲得玉洁冰清，而这香冷的花瓣，便陶陶然醉在秋天的酒坛里，这一醉，便是千年。任千年的春去秋又来，任多少人浅吟轻唱。花之魂，只固守在这一方秋日的清冷之外，独自暗香。

直到那一日，在梦中被一个集天地之精华灵秀的女子所唤，也就惊醒了那隐逸的花的魂灵。同事的朋友叫花儿，她三十刚出头，生得娇小玲珑，能歌善舞，从事幼教工作多年，她所教的班年年评优，全市幼儿教育比赛中多次得奖。一个月前，听同事说，她得了不治之症，尽管她生在医学发达的今天，可还是回天无力，临去的前几天，她说她想去看孩子们最后一眼，看看她曾经默默为之奉献工作过的地方。于是，朋友用车驮着她，在校园走了一圈，当那些她教过的孩子跟在她身后叫着：老师！妈妈……花儿有了牵挂，目光依依，一步一回头，驻足滞留，久久不肯离去，带着满腹的心思，还没来得及倾泻，天地间已遍地黄花，漫天归燕。花儿就谢在了秋天，这个充满生离死别的季节里。

落花，总是或多或少带着伤感，带着惋惜。“无可奈何花落去，似曾相识燕归来。”花的落去，是否预示着春燕将会如约而至呢？

那个叫花儿的女子，冰雪般晶莹剔透，若玉一般纯净无瑕，有着不食人间烟火的心性和超越常人的才情，她像那个在秋日微凉的风中，海棠诗社的叫黛玉的女子，那照水临花、扶风弱柳的娇弱身躯里，蕴藏着超越脂粉的不凡禀赋，宁可枝头抱香死，何曾吹落北风中。可是这样情致婉转的别样牵挂，还有，那隐藏在思想深处的悠悠情怀，她的片言谁解诉秋心，花儿的魂魄，就这样与纯洁善良契合在一起。那样孤独无助，依依不舍的情怀，让人隐隐地心痛，谁是那个携手相隐的人？同谁诉？只能对花对月，也许在古人的诗中诉得几分罢。“口齿噙香对月吟”“圃露庭霜何寂寞，鸿归蛩病可相思”，就愿这样，随着她清风冷月般凄美的才情飘荡而去。抑或是所有花儿的宿命吗？或者，这样的心境一直在延续，从古至今，抑或是花儿的内心都有这种愁愫，在识文断字普及的今天传染到了大众。

花期过了，花儿不再美丽，也不再用一晕又一晕的姿容，润出万般风采，虽知花红易落，试看今夜，窗外更深露重，落花纷纷成冢，多少秘密在其中，谁将柔情深种，谁又能解此情衷，欲诉无人能懂，徒留一帘幽梦。梦里花落知多少，也许留给这花的生命大概就只有怀旧、忏悔与叹息了吧。

花儿在超脱中盛开，轻轻打开她驮着岁月的行囊，里面装过多少希望，又装过多少惆怅，风花岁月里的旧愁新情，户辞枝头别新根。然而，那花茎依然傲然坚挺，在秋风中顽强抗争着，不肯折腰摧眉，更不肯跪倒于地。那片片残叶，在秋天里依然是一面旗帜，顽强地展示生存与睿智。还是洒了一地的花瓣，弄得行人一身的花香，无可奈何地，让春天跟着行人匆匆而来。愁闷的花的果子孕育了一冬，又抽枝发芽，令人惊叹不已。“落红不是无情物，化作春泥更护花。”龚自珍的这首诗所蕴含的道理人人都明白，那满地落红，原来并非无情物，它的抵死不渝，即使凋谢了叶，也为花枝守候一颗永不枯萎的心，它在生命最柔弱处，用指尖谱写出下一个春天。

花开寂寞

寂寞的秋天，落叶飘飘洒洒，阳光透过缝隙，照在记忆中的石板桥，我踏着旧日的足迹，载着记忆里那片最后的叶子，将记忆匣子上的封条悄悄打开，秋天到底有多多情，叶落花谢的，到处充满着生离死别，这背负的伤害也许是最重的了。

好多天来，心情无法收拾，虽也笑意融融，然内心早已长满秋的伤口，梦里一直萦回，心中总在想念一个人，任凭怎样努力，总难做到忘却。好多天也不写字了，此刻知道有些事必须得做，因为思念，因为深爱着的那个人，捉笔总无法集中注意力，因为那个影子总在脑海中浮现，此刻才明白，生命中有些人不得不让你去为他思念，从而铭心刻骨。

那日因公事去了外婆曾居住过的小镇，那房子依然还在，只是瓦楞上已长满了野草，墙砖早已剥落，只有几只麻雀在风中鸣叫，人去屋空，睹物思人。

想来外婆离我而去好多年了，眼前浮现出外婆一双小脚行走在秋风中的样子，风烛残年，那满脸沧桑，似掏出肉的核桃，干瘪而苍老。我总在想，外婆要真是核桃多好，最起码核桃掉在地里来年还会发芽，而外婆再也不会回来了，想到这些，我的心苍老复加，真的希望如果外婆有来生，希望她远离人世间的苦难。

外婆也算得上是大家闺秀，身材高挑，眉清目秀，一直到她去世，也从来没有出现驼背或是邋遢的现象。在我的记忆里，她一直是干净利索，发髻光滑清爽，性格温和而善良。外公饱读诗书，满腹经纶，外公外婆很是恩爱。然而幸福总是那么短暂，有时让人怀疑它似乎真的来到过。母亲九岁那年，外公因去苏南做生意，一病不起，离外婆而去，从此苦难就如影随形外婆左右。

听母亲说，那年大江封冻，外婆葬了外公回江北，江面上冻结得厚厚的，外婆迈着小脚，硬是从江面上走过来了。因为天寒地冻，车辆也不能行驶，外婆就徒步七天七夜，终于回到苏北老家，终身未再嫁人，一手拉扯大母亲和舅舅。

我的童年就是在外婆居住的小镇度过的，直至到了上学的年龄，父亲来接我回家上学。小小年纪的我哭得稀里哗啦，紧紧抱着外婆，扯住外婆的衣服，久久不肯离去，直到后来外婆也笑着哄我，与我一同回家上学，我才惴惴离去。现在想来，在外婆家的那些日子，成了我一生中最快乐最难忘的时光。

最后一次见到外婆，是一年中秋前夕，学校放假，我拎着一盒月饼，去看望她老人家。看到目光浑浊满头白发的外婆，脚步已渐蹒跚，身躯已似秋风中落光了叶子的枝丫。当我不得不回到学校时，外婆迈着一双小脚竟送了我好远，口中喃喃：风儿，再来啊，再来。谁知此次离去，竟成永诀。

外婆是在一个无人的夜晚悄悄离去的，身边没有一个亲人，因为那时我还在上中学。当我听到这个消息时，已是外婆去世的第二天了，我从早晨默默流泪到黄昏，多少个日子总在回忆我和外婆对话：外婆我不要你死，等我考上大学再死好吗？外婆总笑呵呵地对我说：好好上学，外婆一定等那一天的。可是外婆这次失约了。

外婆的一生是平凡而悲凉的，外婆一生来时悄悄，去也悄悄。正如莎士比亚说：花开寂寞，死也悄然。

第六辑　纤纤发丝绣乾坤

越接近这古老温静之物，越喜欢这种精致的水乡古典，方寸之间，可见山水，可见天地，氤氲有灵气。回味起来，内心如五线谱，起伏不定，绵延万里。

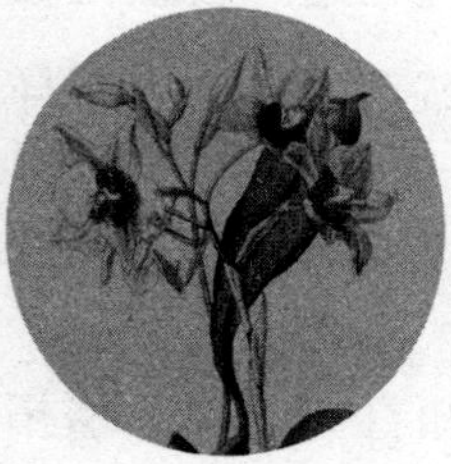

奇迹森林

林深径幽，天地寥廓，飞鸟掠过树梢，啾啾细鸣，回绕林间。笼盖四野，林风习习，拂动丝丝清凉，极目之间，绿树天涯。林间的花，红的，蓝的，淡紫的，朵儿不大，都在竞相绽放，野芳馥郁，引来漫天的蝴蝶，翩翩起舞。水杉桦树比杨树要高大得多，它们亭亭而立，枝繁叶茂，相簇相拥，铺陈着一种庄严的仪仗。

黄海森林公园，这片茫茫的人工森林，极像莫奈笔下的一幅画。每一棵树，每一根草，甚至每一朵花，都随着光影的移动，变幻出奇异的光影。

这里一百多年前，还是一片茫茫大海，六十多年前，还是一片荒滩草地。如今这里已长成华东平原上最大的人工森林，但在这片曾经高盐高碱的土地上，用诗一样的文字，怎么诠释得了一个城市，一代人怎样的一段艰辛。

20 世纪七十年代初，这里人迹罕至，高盐、多碱、少水、缺路。东台一群务林人与来这里造林的 4000 多名无锡、苏州知青一起，开疆拓土，在不断淤长的滩涂上，进行人工围垦，挖墒拟沟排河，建立多级淋盐爽碱水系，种植耐高盐高碱的刺槐、东方杉、白蜡等先锋树种。当土壤中积累一定的有机质，盐分降低到千分之二以下时，再推广林下种药、林下长花、林下育苗等复合经济增长的效益模式。一代又一代务林人，在这里种下了树苗，栽下了竹子，也种下了无数的子孙。一年又一年，鲜花，野草，树木，弯月散晓星，晨烟伴鸟鸣。

是的，这就是黄海森林公园的历史。尽管一切都成为过去，但这片林子一头连接历史，一头却连着未来，这种承前启后，汇聚着一种天然的力量，悄无声息地浸润着这片林子。由于长江黄河裹着泥，携着沙，集聚而下，东海前进波，黄海旋转波，蜿蜒曲折，在此交汇，形成天下一绝的“二分水”奇观，沉积塑造了辐射沙脊群。因此，大海一年又一年向东淤长成156万亩的连陆滩涂，东台沿海从而被联合国教科文组织认定为太平洋西岸唯一没有被污染的湿地。这片每天都在生长的“息壤”与森林公园相呼应，此生彼长。脚下的三相河，和着南黄海的涛声，浅吟低唱。树们的窃窃私语，带着一种默契，天地人和的默契，仿佛宋代名相范仲淹高声吟唱“秋天响亮惟闻鹤，夜海朦胧每见珠”。在古人的赞美声中，有多少往事如烟，又有多少侧影翩然。当年范仲淹带领百姓修筑的挡潮大堤——范公堤已渐渐西去，成为东台人民与天斗与海斗的一道图腾。

东台人对这片处女地生态保护，更是一种大爱的责任使然，在85公里的黄金海岸线上，风清气爽，海碧天蓝，不见任何污染工厂。红红的碱蓬、雪白的芦花、连绵的大米草、茂盛的柽柳，一些知名不知名的盐生植物，接天连海，野趣天成。刺槐，杨树，成片耐盐耐碱的树木率先在这里安营扎寨，桦树，榉树，一棵，一片，相继登场。

森林在扩大，在行走，漫向无垠的海滩，渐渐挤满沙坡，昂然立于大堤，林海一片，走到这里，大海与森林终于接壤了。

不知从什么时候起，这里的水杉长廊，郁郁葱葱，林木扶疏。银杏长廊，雄师列列，绿涛绵延。竹林长廊，玉立亭亭，傲骨清风。杨树长廊，苍劲挺拔，翠海扬波。这些通天彻地的绿，将栎树、榉树、乌桕等628种植物拱卫其中。于是，春天有了芳草宜人，林花嫣然，彩蝶翩翩；夏天有了绿树成荫，牛羊灵动，野菇遍地；秋天有了杉叶如火，银杏似金，林药飘香；冬天有了白雪皑皑，蒹葭苍苍，林海隐约。好大的一片园子，林水相依，桥岛相连。驿站步道，纵横交错，绿径通幽。人们称它为天然氧吧，每年国内外游客纷纷走进公园休闲养生，放松身心。

黑鹳、白头鹤、丹顶鹤，在树梢上下跳跃，鸳鸯、河麂、雀鹰、短耳鸮，林间是它们精彩上演的舞台。这里松篁交翠，野芳馥郁，成了东亚——澳洲候鸟迁徙驿站和野生动物的天堂。众多野生鸟类在这条候鸟迁徙带上嬉戏翱翔，繁衍生息。动物与植物间，不是简单的相生相灭，而是一种生命的亲近与承接。

“沧海不语世间事，海风吹拂已百年。”森林迎着滩涂，朝着大海，朝向梦想的彼岸，近观涨潮波涛汹涌，水天一色，渔号声声；退潮踩蛤拾贝，欢声笑语。远眺万亩青翠，鹤鸣燕飞，排斧阵阵，浩浩荡荡。顺利升级为国家级森林公园，走成了一条流动的河流。

离世界最近的小镇

树木低语，绿色轻吟，鸟们抖动着翅膀，婉转啾鸣，往来于时间之上。这个早晨，一袭白衣，一顶草帽，轻轻地，与这个叫新街的小镇，劈面相逢。这里红的花，绿的草，相互簇拥，前赴后继，风风火火，仿佛在进行着一场宏大的生命叙事。一切的一切，都似曾相识。让我确信，世间所有的相遇，都是久别后的重逢。

新街靠近黄海，虽离小城最远，却是最贴近太阳升起的小镇。听说这里家家户户种苗木，是出了名的“中国苗木”之乡。人们坐在家里，只要轻轻一点鼠标，所种的瓜果蔬菜苗木就会走向世界各地。因此，从某种意义上来说，这里也是离世界最近的绿色小镇。

南黄海的风，轻轻掠过，咸湿而温润。初来乍到，新街万亩苗木生态园，万亩花果林木基地，一个充满画面感的词汇，撩拨着所有人的好奇心，擦亮人们的眼眸。亲近它，是一次极为原始的遇见，也是一份最为心动的相知。走近它，就如绿叶遇见了树根，哪怕树高千丈，总是叶根相连，血脉相牵。就似遇到阳光，雨水和空气，亲近得谁也离不了谁。

走近它，一下子触摸到了坚硬的时间，接近生命的内核，找回久违的童年。

站在九莲寺正殿平台上，隔河东望，仙八岛四面环水，静谧流深，据说八仙曾在这里驻足。此刻，我尝试用空间和时间来丈量新街，这个既古老又年轻的土地。说它古老，是因为小镇不过几十里，历史已过千年。说它年轻，是因为这里多年前还是大海，一片苦盐碱地。从茫茫大海，到盐田、荒滩演变出一大片一大片的绿树林。沧海桑田，倏忽百年，真的算不上悠久。然而就在这短暂又绵长的光阴里，宋代范仲淹修建范公堤，拒海保田。明代洪武赶散，盐民迁徙，聚集到这里，煮海为盐。20世纪初，实业家张謇组建公司，废灶兴垦，拓荒植棉。渐渐地，大海东去，这方水土，万物生长的胎盘，贴着大海的潮声，长着，长着，有了刺槐，有了杨树，有了耐盐碱的植物，有了大叶女贞、栾树、水杉、大叶黄杨、垂直柳、紫薇。一些知名不知名的苗木，都在这里长得那样欢畅，吸引了有缘人关注的目光。

走进村子，无意中就会发现，哪条路边，或哪个场地上，所到之处，是苗木的世界。它们不高不矮，不胖不瘦，整整齐齐，排列路畔，像一个个列队的士兵等待出发，又像一个个待字闺中的秀女，等着有缘人的青睐。

微风轻拂，树叶沙沙，似谁在摇动一树的铜钱。成片的女贞香樟石楠紫薇等品种不一的树木，无论在品种上，还是在数量上，都是无法用特定的词语来圈定它，我们唯有感念苍生与万物，感恩我们面前这片有如植物园的万亩苗木基地。

渐渐地，从前喜欢往外走的年轻人，纷纷回村，操持起电商行业，成了电子商务大舞台上的主角。路边成排成排的树木，是外地的客户通过网络预订的苗木，它们都是一个个有了媒妁之言，只等选个好日子，成为待嫁的新娘。

沿海开发，湿地旅游，这里每天都有许多外地口音的游客，聚集到小镇，寻求绿色，亲近自然。绿荫如盖，百花吐芳。游人们成了绿树红房间游走的标点，每天，他们像一个个天真的孩童，探着脑袋，瞪着一双好奇的眼睛，穿树林，跨流水，过砖桥，徜徉于新街万亩苗木之间，穿行于曲径通幽的园林，深呼吸，不思归。

人越聚越多，小镇的宾馆酒店实在住不下了，就住到农家去。这里的农家，大多住着三层高的楼房，这些房子试图将树比下去，但树们从来向上生长，不甘示弱，它们相互映衬，彼此成就，靓丽成小镇最美最自然的风景。

海洋经济创业园内，一艘巨型船模上，陈列着潜水、救生衣等海洋有关的现代化装备，新街人像呵护瓷器一样，精心打磨，提升自己的产业。小镇除了家家户户长苗木，还长韭菜、西瓜等瓜果蔬菜，还有柿子——一种像苹果一样，削了皮能吃的水果。游人来时两手空空，去时无法拒绝诱惑，各色果蔬，收入囊中，满载而归。

水静静地流，花悄悄地开，大地一片寂寥，飞鸟贴在水面轻快地飞翔，满世界的树，自由自在，满目青翠，染绿河水。折回一片苗圃，漫天遍野，铺天盖地，我想用这样的词来形容这里的树木众多，但苗木们一定不喜欢我这样抒情。用这样的词语来形容这里的树木，是多么得空洞，多么得苍白。因为，这些极具灵性的树，天生褒有远大理想，它们多像从前乡下的孩子，东一簇，西一片，不需要任何的附加条件，无拘无束，撒着欢儿，肆意地生长，长着，长着，轻轻摁下鼠标，就像父母的一声指令，它们带着使命，走向世界了。

纤纤发丝绣乾坤

说来有些惭愧，有着 1500 多年历史的东台发绣，虽近在咫尺，于我来说却有些隔膜，不是万水千山之隔，不是雾里看花之隔，而是面对面不能相知的隔膜。

发绣节，上级要我写发绣节文艺晚会节目串场词，因为缺乏对东台发绣的相关了解，在一个阳光明媚的下午，我满大街地乱逛，在街头我看到了一排排经营发绣的店铺和工作室，便有心上前访一访，于是，我找到了这家绣馆。

在这里我看到了东台发绣最为原始的面目，一个个绣架兀自竖在那儿，染成赤橙黄绿青蓝紫的头发摆在一旁，绣绷上绷着薄如蝉翼的丝帛，一只神态毕真的猫在上面戏蝶，我问绣娘这是什么绣法，她神秘地一笑，说，你两面看看就知道了，我这边看看，那边看看，然后冒失地问，是双面绣吧？绣娘点头微笑。

双面绣的名字，慢慢品来，别有意味，是速写时下一种世态心情，隐喻同一种人生，会活出不一样的精彩。它有时带有情绪化，摆脱了常态种种思维，以形形色色，不平常的心境，组织在同一画帛中两个不同平面上，在转化绣品的过程中，将生活中千般晦涩，万种情怀，表现到了极致。

于是，我尝试用写意的心情去看发绣，细看，每个绣架旁，都有两个绣女面对面地飞针走线，绣架上，花在上面开，鸟在上面唱，蝶在上面舞，鱼在上面游，还有蔬菜还有庄稼还有家禽，都在上面鲜活地飞翔和成长，松鹤延龄，虎虎生威，人物山水，十分传神，令人眼光缭乱，美不胜收，用温润如玉这个词来形容东台发绣，再恰当不过。

东台发绣用料很有讲究的，所用头发非少女秀发莫能绣，特别是传统中国画，中国山水画，中国书法，人物画像，动植物写意等。那些富东方艺术气息的双面绣，那些湿润光泽的毛发，在绣女的指间，缤纷上场，让人有一种轻触微温的感觉，那些反映水乡生活题材的双面绣，一块丝帛的两面绣出两种不同动物，水墨画一般，设色繁复，品质润洁，情节和赋色上也有着自己的个性思想，将水乡的光线与色彩顺延到绣面上，有一种延伸的阅读感。

生在水乡的绣女们用自己的青丝，将智慧荣耀和一生的梦想都绣在了上面。“肌肤毛发，受之父母”，古人对于头发向来敬重，成就一件发绣作品的往往是信念、信任，而远非绣工针法这么简单。

源于唐而兴于宋的发绣，北宋徽宗年间曾专门在宫中设绣画专科，在大英博物收藏着南宋赵构之妃刘安发绣《东方塑像》。如清康熙《绣考》中所载：唐海陵西溪发绣阿弥陀佛……我真的神往了，西溪古集镇乃东台之根，唐代曾是全国最大的盐场之一的东台西溪乃发绣的发祥地。而在唐代，西溪商业繁荣，佛教兴盛，据说，信女们为了表达对佛的虔诚，纷纷剪下长发绣成阿弥陀佛的字样，而后在佛前虔诚地跪拜。一时间，民间青年女子为表达对爱情的忠贞，纷纷效仿，从头上剪下青丝，灯前月下，飞针走线，绣上情郎喜欢的花鸟虫鱼。

一旦头发成为某种象征承诺，青丝为证的发绣也就具有了神秘的诱惑力。品味着这些与生命有着某种关联的名词，立时滋生出某种敬畏之心，却区别于别样的情愫与文心，这文心，是虚实相生的。

东台的发绣艺术在历经朝代的风云，战火的洗劫之后，到了清末民初，几近衰绝，20世纪七十年代初，东台工艺厂一帮师傅弘扬中华民族优秀文化遗产应有的担当，一群下放在盐阜地区的苏绣艺人加盟东台工艺美术厂，让东台发绣柳暗花明，一幅巨幅名画《清明上河图》，让东台发绣蜚声海内外。发绣节，我带着采访任务走近专设的绣馆。一排排绣架旁，一个个戴着蓝花布头巾，清一色的身着蓝色花布袄的绣娘，以丝绢为底，以绣针为笔，精工绣制一幅幅发绣作品，其用材奇妙、清秀高雅的格调让来宾点赞不绝口，展厅内一幅元代大画家黄公望晚年力作绣成的《富春山居图》以其1380厘米的身姿亮相展会，因为它问鼎全国最国奖项——中国工艺美术精品奖金奖的特殊身份，引起不小的轰动，让来自全国各地的来宾驻足流连。

同苏州的苏绣，上海露香园的顾绣，湖南的湘绣一样，发绣作为一门艺术，堪称中国工艺美术世界里的一朵奇葩，古朴典雅，雅洁秀丽且色泽自然。记得儿时每年曝伏，母亲总会从箱底翻出用五颜六色丝线绣成的花花绿绿的门帘在阳光下曝晒。母亲告诉我，这是刺绣，是外婆给她的嫁妆，这就是我对刺绣最初的认识。而面前的发绣，与儿时记忆中的刺绣那艳丽色彩有着质的区别，这种用少女青丝织成的图案有着青花瓷的神韵，水墨画的留白。

发绣因其用材的奇特，工艺的精湛，风格的典雅，融合了书、画、印、染、绣、织、装裱于一体，仅针法就运用滚、施、缠、套、接、切、扣、虚实针等数十种针法，达到平、齐、细、密、匀、薄、和、顺、光等最佳艺术境界，从而坐得秀、奇、俊、丽，而被誉为“天下一绝”。一幅长达1241厘米的画卷，12000多个人物，将山水人物世间百态尽揽画中。世上最长的刺绣作品500罗汉图，以3300厘米的身姿出现在绣都东台，并获得多项国家级大奖，荣登吉尼斯榜。一幅中国画十大名品之一的长卷《姑苏繁华图》，以浓墨重彩写尽康乾盛世古城苏州的繁华，在全国工艺刺绣大赛上获得金奖，可以称得上是绝唱。近年来，东台先后绣制出《长江三峡全景图》《八十七神仙图》等一大批发绣长卷。有着一千三百多年辉煌历史的东台发绣，在历经清末民初近一个世纪的沉寂之后，像一个哑音后的长调，破空长啸，为世人瞩目，成为东台的一个文化符号。

我终于明白东台发绣之所以雅丽于其他，缘于它曾经的磨难，诸多历史影像使然。就像东台的董永七仙女传说一样，这些里下河水乡人文特色，文化元素，仿佛美人的胭脂，为这水乡绣色淡抹上一些神奇的色彩。

了解了东台发绣，我的审美情趣，越来越接近这件古老温静之物，喜欢这种精致的水乡的古典，方寸之间，可见山水，可见天地，氤氳有灵气。回味起来，内心如五线谱，起伏不定，绵延万里。

一棵树的前世今生

老家门前的老梨树，像个饱经风霜的老人，静静地坐在光阴里，与村庄相依为命，淡泊自得，安之若素，从没离开过赵家墩一步。以至于多年之后，一直萦回在我记忆的枝头，枝繁叶茂，冠盖如云，一次次地放大，直冲穹庐，高过老屋。于每个暗夜里，与失散多年的自己欣喜交集，缩小成老梨树酸涩的果子，将我带回童年，去做一次精神上的长途跋涉，寻求灵魂的皈依。

对于老梨树，我喜欢用它来称呼，因为我不愿意带着过多的感情色彩，去拟人化地描绘它。在我眼里，它既像来自上帝的一句时间箴言，在胡乱生下我们的地方，兀自茂盛，兀自衰败。又像一个风雨中的浪子，在风雨霹雳中傲视天下，目极八荒。同时它更像一个执着的情人，在我还没出生时，就痴痴等我在老家门前多年，娉娉婷婷，顶天立地，老屋就是我们的三生石。因此，我不在时，它早就在了，至于我们之间到底等待了多少年，这是无法用数字来描述的。只记得爷爷说，这棵树与我家屋后的小河同岁。小河绕着墩子流了多少年，它就相伴老屋多少年。

在我看来，它早已老成曾祖父一把的年纪，老成一把粉末了。

面对这样一个衰老的长者，我永远无法深入它的内心，抵达它的高度。早在我懵懂无知时，我忽略了它的存在。当我荣华富贵，灵魂衣不蔽体，寂寞无依时，我才一次次想起他，想起当年如何缠住爷爷给我讲有关它的故事。爷爷告诉我，有关村庄仓促形成的过程，有关赵家墩的来处，有关老梨树的前世今生，兴盛荣衰。

当年，爷爷的爷爷领着一家人，从苏州阊门逃难到苏北，走着走着，就走到了这里。遍地芦苇，满目苍凉，坑坑洼洼，荒无人烟，倒是个避难的好地方。走累了，于是决定停下来，想在这里有个家。初来乍到，身无分文，居无定所，难煞了前辈们。面如斧劈，灰头土脸的先人们就用泥磊墙，草做顶，搭起了丁头虎，茅草房，暂且容身。没有吃的，一家老小挖野菜打鱼充饥，烧盐运盐度光阴。由于地势低，发河塘水，泥坯墙经水一泡，就渗水倒塌，于是他们学着燕子垒窝的样子，一揪一揪地挖，一担一担地挑，将地基往高处垫。一天天，一年年，渐渐地，积少成多，磊土成山，码成了一个高高的墩，墩周取土，遂成了河。接着，建起了三间朝阳的高堂茅草房，屋周栽上了杨树，柳树，梨树，种上了庄稼。从此，弯月散晓星，晨光伴鸡鸣，渐渐地，有了一大帮儿女，有了一墩子的子孙，有了人丁兴旺，也有了这个世外桃源，有了赵家墩响亮的名字。因此，老梨树一头连着赵家墩的历史，一头连着赵家墩的未来，中间还承载着一代人的记忆。

如果实在要用数字来衡量的话，那么，赵家墩距今也该有几百年的成长史了。然而，走过几百年的老梨树，虽也担着个梨树的名，却只管开花，不结果子。在每个春风吹又生的日子里，阳光雨露不断丰盈它的姿态，房前屋后的榆树，杨树、槐树们，争先恐后抽枝吐蕊时，它便冰肌玉骨，花白如雪。树干粗壮，树皮黑褐，纹理深刻，触手粗糙，树枝层层叠叠，密密匝匝，向四周伸展开来，宛若一把巨伞，护佑着脚下的土地。于是，我天天逼视，日日仰望，期待它花开后，有朝一日，能结出甘甜的果子来。它终究是善解人意的，偶尔逢它高兴的时候，也会结出三三两两的梨子来，却总是又硬又涩，不能入口，爷爷称它为木梨。因此，在众多果树当中，它算不得一个称职的果树。而在我眼里，它是一棵忠实正直的树，一棵顶天立地的树，一棵与杨树柳树一样的树，一个知心贴意的伙伴，一位有着白雪精神，春风颜貌的绝世英雄。

说它是个英雄，不是它真的有多伟大，而是自我懂事那刻始，它就像个勇士，从土里伸出头颅，舒展身姿，与风月为邻，陷入无边的沉默，沉湎于太多的往事。尽管它没有嘴，是个沉默的哑巴，但它每天陪伴着我，庇护着我。晨曦中，夕阳下，我用双眼无数次描摹过它，有过为它写浪漫诗的冲动。我甚至幻想过，要变成一只鸟，一头牛，一只羊，或一棵树，这样就可以天天围着它，不用去上学，时刻陪在它身边。每天早晨起来，依偎着它，用体温和它交流，用眼神和它对话。然后围着它转上一圈又一圈，背着书包安心地上学去。放学后，也总是先看它一眼，然后放下书包，呼朋引类，招来一帮玩伴，围着它疯，大鸡捉小鸡，互相斗鸡，一年四季，寒来暑往，从未离开过它视线。它印证了我的童年，也霸占了我的青春。

老梨树除了是我情投意合的伙伴，还是一位忠实的卫士。在家中，我排行老二，姐姐长我三岁，平时放学或假期，家中大活儿重活儿都是姐姐操持，比如挑水，做饭，洗衣，喂猪等粗活儿都是姐姐的事，而我却像一个旁观者，看着姐姐忙上忙下，怡然自得，觉得理所当然。偶一为之的活儿是洗碗，还都似拿钱买着做的。有时候，一不小心，一只碗就在我的手下粉身碎骨。为了免遭父母的责骂，老梨树就成了那些破瓷碎瓦的掩藏之地。尽管父母觉得家里的碗越来越少，本来固定的几个碗，怎么就不见了呢，老梨树缄口不言，不透露丝毫秘密。直到后来我外出求学，家中推倒老屋砌新楼，挖地基时，在刨开老梨树的根时，发现了一堆白花花的碎瓷瓦片，秘密才公诸于天下。

老梨树每天在晨曦中苏醒，在星光下沉睡。当村庄选择了文明进步的时候，却忽视了它的感受。赵家墩的年轻人都走出了村庄，把偌大的村庄和忧伤留给了老梨树，直到有一天，墩上只剩下了晒太阳的老人，牙牙学语的孩子，它看着门前的野草和台阶上的苔藓此生彼长，见证着村庄遭受岁月风吹雨蚀，抽打蹂躏。它身心俱疲，满心沧桑，它的眼里来来往往，进进出出多少人，死去太多的人，放眼望去，到处都是大大小小的，高高低低的坟。村人的悲欢离合，战争的刀枪剑戟，饥荒的饿殍遍野，都收录在村庄的字典中。村庄疼痛，赵家礅上父老乡亲的一举一动都收在它的眼里。

每一次回到赵家墩，我都百感交集，悔恨交加，拼命地寻找老梨树当年的踪迹。遗憾的是，我没见过它怎样的生，也没见过它成为锯齿下的牺牲品的过程。八十年代中期，当我出外上学回家时，老家的房屋拆了，老梨树也不见踪影，门前的一切夷为平地，等待着钢筋混凝土的崛起，我到处寻找它的下落，最后，我在屋后一个不起眼的角落看见它静静躺着的身姿，我只能用眼泪作酒，祭奠它的涅槃。

如今，我在时，它却不在。这一生，我们总在一次次错过。

文化的力量

西溪好，一直好了上千年，如今更好，到过西溪的人都说，西溪有了古城，是一座充满人文气息的文化之城。一朝到了古城，我苦思冥想，这座巍峨雄伟的城，到底关联着怎样一段历史？究竟根植着怎样一种文化？是表面的，还是深层的，是地域的，还是华夏的？

黄海之滨的冬天，湿冷少雨，灰白色的阳光洒在宋城内“晏溪书院”门前的石阶上，幻化出许多魔幻的色调，面前这些溢满书香的灰瓦排楼，纵横有序，廊道相连，天井相隔，古意拙朴的木条门窗，道尽了书院的古今，一下子将我与历史拉近。我上前轻轻地推开讲堂正门，只听得门“吱”的一声，发出喑哑的声音，似乎与我打着哑语，可惜我一时无法听懂它的语言。

“晏溪书院”并没有想象中的飞檐翅角，小桥流水。朴素的廊柱，不求气派，但巧夺天工，暗红色的门楣透出浓郁的文化气息。“晏溪书院”由宋时晏殊一手创办，曾声名远扬，当年，许多学子不远千里，慕名到此求过学。

《嘉庆东台县志·卷12》记载“晏溪书院在县治西南西溪镇，与南风亭相对，晏元献公（晏殊）读书处也，遗迹久废无存”。《乾隆江南通志·卷14》记载：“晏溪河亦称西溪，宋相晏殊尝监西溪盐仓，民思之因名。”

当年，晏殊在西溪镇监西溪盐仓，爱民亲民，施教办学，西溪因此文风昌盛，耕读传家。他离开西溪后，当地民众思之不忘，故而将“西溪”改称“晏溪”。贯穿梨木街东西的晏溪河就是由此而来，这条河是西溪盐文化由咸变淡的直接见证者。

“一曲新词酒一杯，去年天气旧亭台，夕阳西下几时回？无可奈何花落去，似曾相识燕归来。小园香径独徘徊。”岁月与时光顺序倒流，历史与现在时空中交错，踏着晏殊《浣溪沙》的诗情画意，静静流淌的晏溪河变成晏殊圣圣至善的遗言，走在青砖小路上，远远近近亦响起晏殊曾经留下的跫音，久居闹市的我，来这里借晏溪河明静的水色把耳根洗净，让晏溪书院的朗朗书声清静一下躁动的心。

西溪古城正如一杯味道纯正的文化美酒，只可细品，不可“牛饮”。站在三相祠前，我依稀看到曾在书本里见到过一千多年前的那些人和事，渐渐变得明晰起来。从西溪走出去的三盐官，后来相继成为治国宰相的晏殊、吕夷简、范仲淹，仿佛一下子从文字中鲜活地走了出来，他们刚毅俊雅的脸上写满智慧和沧桑，飘逸的衣角裹满岁月的风尘，古栈道边的晏溪河水清澈荡漾，芦花飞舞，残阳如血，映衬着盐官不一样的心境。

自汉代起，西溪“煮海为盐”被誉为“天下盐仓”，北宋时期，晏殊、吕夷简、范仲淹先后在西溪任盐官，并先后入朝为相，他们虽宦海沉浮，却不忘施仁政，宣教化，开启民智，办学兴读，使西溪自此文风斐然，进入繁华典盛时期，明清时西溪盐仓监管淮南中十场，为两淮重点产盐区，虽后世盐业式微，但仍以耕读传世。

“三贤祠”与“盐仓监”宋时都傍晏溪河建于梨木街上，如今犁木街上当年的“盐仓监”旧址已变成了西溪商店，不过往里面走高堂大屋仍在，庭院内广场宽广，虽然部分房屋改变了结构和用途，但不难看出，其基本结构和规模仍然符合古代衙门的建制。由此推断这里就是范仲淹在西溪当盐官办公的地方。

相传，宋真宗天禧五年至宋仁宗天圣元年（1021—1023），范仲淹初到西溪上任之际，有人曾劝他不要在这个小地方做盐官，范公不以为然，笑着说：谁道西溪小，西溪出大才。参知两丞相，曾向此间来。宋史载有范仲淹《和吕夷简牡丹诗》："阳和不择地，海角亦逢春。忆得上林色，相看如故人。"

在西溪期间，范仲淹秉承晏殊的办学之风，同时感于百姓受海潮侵袭之苦，上书陈情朝廷，经由张纶转奏，获准重修海塘。范仲淹亲自监工，无奈兵夫死伤，遭人非议停工，后回乡奔丧，仍写信嘱托张纶，胡令仪力排众议，修筑完成，自此在西溪留下"三贤筑堤"的佳话。

有位哲人说，西溪盐仓监是通向宰相之路的驿站。三位盐官都在西溪留下珍贵的诗文。"异香浓艳压群葩，何事栽培近海涯。开向东风应有恨，凭谁移入五侯家？"吕夷简在西栽种牡丹写下了《咏西溪牡丹》。当年他在牡丹园四周加上红色的护栏，每年春天花开数百朵，枝繁花艳，经久不谢，为海滨奇观之一。

一座城市，没有文化难以传承，一方水土，只有历史载得久远。西溪正因有了这样浓厚的人文基础，才有了西溪古城这样一座古典与现代、文化与商业为一体的宋代风格商业群崛起。西溪古城重现了晏殊书院、三相祠、盐仓监、海陵客栈、宋艺坊，北宋时期西溪"海轩春潮旺"的盛景，在历史的宣纸上为地方文化重重描上一笔，也因此有了才有了魂，有了灵气，从而成为黄海之滨乃至华夏文明的一个精神地点，一座历史丰碑。

用心丈量西溪，你会与历史融合，仔细体味文化，你将为现实高歌。晏殊、吕夷简、范仲淹延续传承了西溪特有的海盐文化。他们飘逸的衣衫，究竟藏着什么样的魔力？竟把西溪变成人人心中向往的故乡。

海之归岸 地之脊梁

一直以来，我对这条纵横捭阖，伟岸雄奇的大堤知之甚少，只知道打我记事始，它就从黄海之滨的东台，由南往北，无限地拓伸，蜿蜒于阡陌之上。人们称之为范公堤，我也这样称呼。总之，看到这条沉默的“长龙”，我就想到父亲铁骨铮铮的脊梁，以及大海海纳百川的胸膛。

千百年来，范公堤更像一个智者，以一种行走的姿势，拂袖迎风，寻求认同，迎纳变迁，发散梦想。自从西汉吴王刘濞立国广陵，煮海为盐，雄踞淮扬，北宋范仲淹修建捍海堰，拒海保田，将大海揽进了怀抱，终止了漂泊，永久地定格。从此，每天面向大海，闻海听涛，目极八荒，在南黄海边生了根，成为东南沿海有情有义的守护神，守护着一方水土，守护着黄海之滨一座座与之朝夕相处，唇齿相依的城。这样的守，就像母亲庇护着儿女，妻子守着夫君，是一种厮守，是一种相濡以沫，不离不弃。

人们至今还能从怒吼的海浪声中，探寻范公堤的前世今生。看出当年海水是怎样像一群怒吼的雄狮，惊涛汹涌，咆哮向前，瞬间冲决海堤，淹没良田，毁坏盐灶。还能想象到，北宋天禧五年（1021年）夏天的那个傍晚，刚刚到西溪上任的范仲淹，站在残破不堪的捍海堰上，看着西溪以东一片汪洋，盐民流离失所，饿殍遍野。这位爱民如子的盐官，眼里噙着的泪，濡湿脚下的大堤。

残缺破败，泥泞不堪的大堤上，范仲淹头戴一顶斗笠，身着一袭布衣，脚蹬一双布鞋，刚毅俊雅的脸上写满智慧和沧桑，飘逸的衣角，裹满岁月的风尘。他沿着西溪，一路往北，到丁溪、草堰、建湖，深入民间，了解民情，勘察走访。在三里路上，古栈道旁，丁溪盐灶边，晏溪河水清澈荡漾，芦花飞舞，残阳如血，映衬着盐官不一样的心境。沿途所见，皆是盐民惨遭海水侵袭，苦不堪言，于是，他连夜挥笔上书，给淮置发运副使张纶，建议修捍海堰。

尽管范仲淹刚刚因为直言进谏，被贬到西溪做盐官。官微言轻的他，虽宦海沉浮，却不忘秉承晏殊的办学之风，在西溪建起晏溪书院，施仁政，宣教化，开启民智，办学兴读，使沿海地区自此文风斐然，进入繁华典盛时期。明清时期，西溪盐仓监管淮南中十场，为两淮重点产盐区，虽后世盐业式微，仍以耕读传世。

经过一番详细了解，张纶对范仲淹有了新的认识，决定重新启用范仲淹，奏请皇上任命范仲淹为兴化县令，并兼任修复“捍海堰”工程总督。在唐李承主修的“常丰堰”基础上，兴工修筑“捍海堰”。取土河道，连接起来遂成运盐航道，即后人所称的“串场河”。

至今在东台大丰当地百姓中，一直流传着范仲淹撒糠定堤址的故事。当年，由于旧堤大多坍塌湮没，加之海岸线不断变迁，堤址必须重新勘定。然而海岸蜿蜒曲折，潮汛大小难测。范仲淹为此绞尽脑汁，仍苦无良策。

一日，范仲淹去海边勘察，在一个渔民家中，无意间瞥见人家的猪食桶沿，残余一道稻糠，于是计上心头。大汛来临前，他带领沿海百姓将稻糠遍撒海滩。落潮后，糠迹滞留在泥滩上，形成一道清晰的糠线。

范仲淹发动四万多民工奔赴海滨，沿线打桩筑堤，工程前后历时四年，他亲自监工，无奈兵夫死伤，遭人非议停工，后回乡奔丧，仍写信嘱托张纶，胡令仪，力排众议，修筑完成，自此在西溪留下“三贤筑堤”的佳话。老百姓为了纪念三贤，在西溪建了“三贤祠”。海堤筑成后，宛若一条巨龙横卧于黄海之滨，拒惊涛，护良田，百姓安居乐业，丰衣足食。后人铭感范仲淹的功德，将大堤命名为“范公堤”和“糠堤”。

范仲淹在海边修筑范公堤，造福百姓，不计得失，功成不必在任期，同时，也留下了“先天下之忧而忧，后天下之乐而乐”的思想的雏形，他的先忧后乐思想，在南黄海一带，成为利于民生福祉的恩惠善政。

清人吴宗元为此写下“捍海功成百代崇，蛇龙逼薮尽耕农。当年不应临川笔，到此惟应说范公”。清代如皋安定书院院长吴恺赋“长堤一道走蜿蜒，保障东南八百年。海国资生自古富，相臣忧患在人先。鱼龙寂寞三秋夜，蜃蛤喧阗万灶烟。试望平原当落日，彩虹驭气接遥天”。历代文人墨客留下了咏“范公堤”的千古佳句。

斗转星移，沧海桑田。如今，大海东退近百公里，范公堤的社会功用虽早已废弛，但它的身畔市声沸沸，车水马龙。麋鹿、丹顶鹤、白鹭在它的头顶诗意翱翔，红红的盐蒿，雪白的芦苇，毛茸茸的盐巴草，甚至奔放的野菊花都在这里长得那样欢畅。旱涝无常的黄海之滨东台，策应沿海大开发，绿色发展，产业兴市，成为鱼米之乡和全国百强县。

范公堤也成了东南沿海大地坚韧的脊梁，造福黄海之滨人民的一道天然屏障和励志图腾。与新崛起的海滨港城，海耕海植的沿海大滩涂遥相呼应，敞开大海一样的坦荡胸怀，迎迓四方好友，笑纳八方宾朋。

沧海桑田 咸淡变迁

来西溪古镇，看这里老了的时光。

亘古的西溪，邂逅淮夷黎民6000个春秋，先民狩猎于草荡，燔盐于海涂，衍生出这方人文厚土，造就了历史上的“天下盐仓”，留下2100多年煮海煎盐的盐业生产发展史。

据泰东河古遗址考古发掘，西溪境内发现晏溪河遗址、辞郎村遗址、泰河村遗址、蓦云村遗址等8处古遗址。这说明早在新石器时代的中晚期，西溪就有先民生存。汉高帝十二年，刘邦封刘濞为吴王，建都广陵（今扬州市），煮海为盐，因其地势高阜且傍海故得名“海陵”。西汉元狩六年（公元117年）建海陵县，领海安、西溪两镇，西溪从赶海煎盐到农盐并举，始于煮盐，兴于盐政，境内樯桅云集、车马辐辏，民生富庶。

西汉时期，西溪以东尚是滔滔大海，西溪以西一带盐区海隅遍布煎盐亭灶。因此，有人说，先有西溪，后有东台。西溪，千年古镇，东台之根。淡墨描绘过的西溪，青砖黛瓦，古意拙朴，成就了它墨色的底色，在人们心里长出草来，开出黛色的花来，并永久地定格。

老成持重的西溪是春秋到清末的淮盐重镇，曾因境内“淮南中十场”而名闻天下。海盐产量、质量和税斌全国第一，被称为“淮盐之根”，乾隆四十一年，东台盐业出现了“烟火三百里，灶煎满天星”，年产225.8万担的壮景。悠久的海盐历史延续了西溪的历史文脉，烙下了“海盐文化”的深深印记，汇聚了海春轩唐塔、八字桥，三里路，犁木街、缫丝井、盐仓督、晏溪书院、三公亭等众多与盐文化有关的古迹。

位于东台城大王庙、西溪梨木街之间的三里路，是从前通往享有“苏北周庄”美誉之称的古镇西溪唯一运盐的汉代古海口纤道，这条路的路基始建于唐大历二年，为青灰色砖路，中间半圆高拱，路牙两侧斜覆削立，紧挨着晏溪河，通向梨木街，从唐代到宋代，向东绵延三里，故称三里路。每年逢初一、月半香期，三里路上行人川流不息，晏溪河上盐舟云集，颇为繁华。由于路面狭窄，行人多为步行，偶有人力车、独轮木车通行。在淮南黜陟使李承修筑的捍海堰上，至唐代二百五十年后到宋代期间，陆地迁延，海水渐东，范仲淹在此重建捍海堰。

犁木街是西溪盐文化淡出，农耕文化兴起的产物，整条街曾是犁镰等铁木农具的生产工场，曾为盐仓监所在地，后来官府衙署陆续建立于此。循着历史的声音走进梨木街的高墙窄巷，每一个音符，都似敲击在心上，街道两旁，豆花油条鱼汤面，贩夫走卒的叫卖声，暮鼓晨钟，寺庙庵堂诵经声，从早到晚，街道有多长，他们的声音便有多长。

晏溪河是西溪盐文化由咸变淡的直接见证者，晏殊在西溪任盐仓监时建了避潮亭。盐民渔民遇涨潮下雨，无处躲避，晏殊在距离海边不远的高墩子上建一木亭，供人避潮。晏殊在西溪镇监西溪盐仓，离开西溪后，当地民众思之不忘，故而将“西溪”改称“晏溪”。

如今，静静流淌的晏溪河便是盐官圣圣至善的遗言，走在青砖小路上，远远近近亦响起他们曾经留下的跫音，久居闹市的人们，来这里可借晏溪河明静的水色把耳根洗净。

盐仓三绝 宦海沉浮

犁木街见证了西溪由咸变淡的变迁过程，千年之后，依稀缭绕着当年的古风余韵。晨光中，不知是哪家商铺的叫卖声唤醒了西溪古镇。几杯香茗、三五好友、几张桌子、或喝茶、或聊天、或打牌、或吃着汤白汁浓，滴点成珠，味道纯正，热气腾腾的“宫廷秘制”的东台鱼汤面……此时的古镇，一砖一瓦间都充斥着美食的诱惑，弥漫着一股股文化气息。东台鱼汤面西溪古镇店的十大碗，二十四小碗，濒临失传的盐帮菜，再现当年盐商的穷极奢靡。发绣车间，绣娘们穿针引发，灵巧的双手上下翻飞，胎毛绣，母女绣，一幅幅栩栩如生巧夺天工，“天下一绝”的东台发绣。在古镇小酒坊，精选的糯米，名贵中药材，传统的工艺流程，让初来乍到者亲历了一次东台陈皮酒的历史由来和酿制全过程。绵润甘甜的东台陈皮酒，这应该就是得名“盐仓三绝”之原由。

自汉代起，西溪“煮海为盐”被誉为“天下盐仓”，北宋时期，晏殊、吕夷简、范仲淹先后在西溪任盐官，并先后入朝为相，他们虽宦海沉浮，却不忘施仁政，宣教化，开启民智，办学兴读，使西溪自此文风斐然，进入繁华典盛时期，明清时西溪盐仓监管淮南中十场，为两淮重点产盐区，虽后世盐业式微，仍以耕读传世。

犁木街上当年的“盐仓监”旧址如今已变成了西溪商店，不过往里面走高堂大屋仍在，庭院内广场宽广，虽然部分房屋改变了结构和用途，但不难看出，其基本结构和规模仍然符合古代衙门的建制。由此推断，这里就是范仲淹在西溪当盐官办公的地方。

宋史载有范仲淹《和吕夷简牡丹诗》:“阳和不择地，海角亦逢春。忆得上林色，相看如故人。”在西溪期间，范仲淹秉承晏殊的办学之风，同时感于百姓受海潮侵袭之苦，上书陈情朝廷，经由张纶转奏，获准重修海塘。范仲淹亲自监工，无奈兵夫死伤，遭人非议停工，后回乡奔丧，仍写信嘱托张纶，胡令仪力排众议，修筑完成，自此在西溪留下“三贤筑堤”的佳话。

有位哲人说，西溪盐仓监是通向宰相之路的驿站。这三位宰相在西溪都留下珍贵的诗文。“异香浓艳压群葩，何事栽培近海涯。开向东风应有恨，凭谁移入五侯家？”这是宋时吕夷简在西栽种牡丹写的《咏西溪牡丹》。当年他在牡丹园四周加上红色的护栏，每年春天花开数百朵，枝繁花艳，经久不谢，为海滨之奇观。

“一曲新词酒一杯，去年天气旧亭台，夕阳西下几时回？无可奈何花落去，似曾相识燕归来。小园香径独徘徊。”这首《浣溪沙》是晏殊当年在西溪写下的，他在西溪建起晏殊书院，为西溪留下了人类意志力的骄傲。

来西溪赏完美景，品罢美食，若累了，可以沿着泰山大道到西溪古城走一走，看一看地方戏。晏溪书院、三相阁、西溪大舞台这些都是西溪海盐文化衍生出来的根脉。走进西溪古城，踏响一块块发亮的石板砖，就会唤醒一些尘封的故事，就会生出许多幽长的遐想，就会收获满目的古色古香。

葵园野趣

朋友喜葵，于是在乡下置得一小屋，取名“葵园”。国庆长假，循着桂花浮动的幽香，到葵园寻秋。

葵园不大，占地半亩，偏于城市西郊一隅。鸳鸯瓦，青砖墙，小轩窗，主屋在前，后建偏房，东西各设一耳房，四合院内敞亮的天井，引清风，招日月，接天雨。

先我而来的友人带着孩子围坐于石桌旁，就着暖阳，慢慢地啜饮大红袍茶。一旁烤炉上烤着的肉，木炭火中“嗞嗞”地流油，散着扑鼻的香气，红红的火焰舔得孩子们的脸，闪着诱人的光。庭院里天光通透，盈满久违的烟火气，寂静得让人心动，遮住了低过屋檐的光阴。

我像一个好奇的婴儿，迫不急待的眼光，四处搜寻，不放过任何角落。在朋友的引领下，推开西门，满目清新，鸟鸣鹊啾，涓涓流水，杨柳摇风。金黄的向日葵幸福地开过，籽粒饱满，等待着收获。粉红色的木棉花，风姿绰约，临水照花。绿绿的法青、果树，星星点点，起伏摇曳。一畦畦菜地，豌豆，苋菜，群蔬荟萃，碧绿的一片。

隐藏在木棉花下的蛐蛐拼命地鼓噪，匍匐在香樟树上的螳螂闻声起舞，不甘寂寞的蟋蟀一曲欢歌，从春唱到夏，又从夏唱到秋。秋蝉无奈伤感中，紧紧抓着柳枝“居高声自远，非是藉秋风”，努力地引颈长吟，完成最后的使命。西北角一池清荷，花开过，莲蓬采过，已折戟沉沙，一头栽到水里，独自针织着秋的心思。

厨房内，朋友挥刀操铲，从大铁锅的木锅盖内溢出诱人的农家菜香。朋友那做老师的先生锅台后拾柴添薪，古色古香的老虎灶吐出长长的火苗。转眼间，一大桌农家菜端上桌，一群人觥筹交错，推杯换盏。孩子们在桌旁边吃边过家家玩游戏，岁月如此静好，时光在此刻暖暖生香。这种氛围，这种安宁，应和了每个周末赶到葵园来度假的友人，恬淡从容，宁静致远的生活态度，以及另一种人生境界。

葵园，今天与你邂逅，并是机缘。在这里，远离城市喧嚣，我听着树上的蝉鸣，蟋蟀低唱。午后慵懒的阳光下，三四好友坐在石凳上，一起叨唠些家长里短，将一盏茶喝到无味。让一个人的浮世清欢，风轻云淡。一家人的日子细水长流，波澜不惊。

秋虫唧唧声中，风从葵园的瓦楼上轻轻吹过，时光就这样渐行渐远。桂花迫不及待地远嫁给十月，与饱满荚实一起走向成熟。喜欢葵园，就像喜欢上一个人，不需要任何理由。

有朝一日，我也会效仿友人一回，隐居乡野，竹篱茅舍，自在逍遥。在返璞归真的尘世，滤去浮世的纷扰，“心凝形释，与万化冥合”。一个人静静地将一首歌听到无韵，将一本书读到无字，将一个人爱到无心。

一树梨花香

漫天飞舞的梨花，你是天与地共做的梦吗？

季节的血液里荡漾着温暖的地气，春气或立于云端，或翘首枝头，或翻卷在大地之上。温暖的阳光从云层里露出一脸灿笑的时候，一身嫩绿的衣衫已穿在大地的身上，愈显风姿绰约起来。那树梨花便在烟雨之中横空而出，发髻上不知在星夜的何时一下子挂满了一朵朵粉白的花儿，在一个酥润漫落、柔雨绵绵的早晨，呈现在我们的眼前。

那一刻，我醉倒天地的梦里。行走在乡间的阡陌上，仰面，一抬睫毛，拈几朵花瓣，家乡的原野上，我俨然成了一个衣袂飘飘的梨花仙子。

梨花在微风里飘飞，伴着轻音乐萦回在大地的胸间，慢拍子自己踩，自己踏，怕扰了行人。落在鹅黄的菜花上，风摇落了些，又添补了些，似谁在摆弄一副祖传的磨盘，只磨得那畦油菜花叶更翠了。梨花醉卧在春天的梦里，温柔乡里不愿醒，醒了，就是蟒袍玉带的富贵春。

步入梨花深处，走成一幅国画里的风雪问路人。树下的花瓣躺满一地的白，刚刚盖住了发青的草根，在我脚下坦然浅笑着，想必世间俗人不能踏入这片洁净地，不然那树梨花会嫌脂粉污颜色的，再向前只见蜿蜒的一条小路清新得如美人蹙起的细眉，袅袅地往远处去了。

树间的菜畦还是国画里晕染的金黄色。如果天地真的在做一个迷离的梦，这梦一定是微醺的。是的，不是一塌糊涂的深度的醉，不是忘了前世今生的长梦大眠，要不然眨眼工夫，大片的梨花怎么会在田野上弥漫开来呢？直让人猝不及防。慨叹春花烂漫的同时，不经意间，已见那柔嫩净洁的花瓣一片片飘落，顿生怜花惜春的情感来，还是转身走开，不去打扰它，就由它去独自抒情吧！

远处的沟边镶着的一大片杨树林，已是葱绿一片，枝丫在半空里横竖撇捺，象形字一般。俯看那一片整齐的人工植的杨树林，似一首七律，洁白的梨花成了大地的韵脚。大地是卷在书柜里的一叠上好宣纸，这一刻，拿出来，辽阔地摊开了，只待落墨。凝眸处，炊烟朦胧成一片淡白了，红房子，白墙壁，高高低低地错落着，国画大师皴擦出了层次。小河也让这梨花雪哄得安静了，盈盈一带绿水，映着两岸细瘦树木的淡影。似书页间夹着的一张黑白照片，抽出来了，摆在暗淡的天光下，一丝时光的凉。

在花间驻足，晶莹的水珠还在蕊间闪着柔光，这分明是《红楼梦》中人黛玉眼角嵌着的两行清泪啊。望着它们挤挤挨挨，相亲相爱地开着，真有点花放郁情，花落无语的况味了。一种痛彻心扉的爱怜袭上心头。厚厚一地坦然而美丽的落花，在《红楼梦》中人黛玉眼中怎就成了一堆葬花魂的香冢呢？想来黛玉这样的心境，恰恰折损了她的心骨，从而使她及早魂归离恨天了。许是这种悲悯情怀感动了上帝，不一会的工夫便落起了雨丝，伴着梨花漫无边际的扬飞，顿让人生出“情洒诗句碰瓣落，融入泥土葬花埋”的感慨了。不过更多是“花间落雨煮青梅，醉里看花花更羞”的意味。

花丛中穿行一对脉脉含情的情侣，心花和着梨花同时绽放，我想，心花的绽放定是受了梨花的绽放的影响。世间物象总是持一种博大胸怀，择人而宜，对于不同心境的人来说，结果总是不同的。世象百态，花落纷飞。花写的文字不需要任何翻译，持一种平和的心境便解读了，花写的文字利落而哲思，倾情而持重。而花本身就是温柔淡雅的，梨花在料峭的寒风中竞相绽放，最终将一身傲骨归于尘土，质本洁来还洁去，这何尝不是一种笑看人生的姿态呢？

晚风拂面，梨树的枝又添了几分横斜，一阵阵冷香袭人。人在梨树边，一步一徘徊。平时看过无数百花图，没有一幅对得上眼前的这一树冷香了。一树可以入画的枝干是黝黑虬曲而嶙峋的，密集的一树梨花，相互艳着。即使显多了，多到一丛一簇，那笔法便显潦草。人在画中，方领略那淋漓尽致的傲骨和逼人的冷香气。白得似雪的梨花少了几分凛冽逼人的刚硬和尖锐，平添了几分俏丽，繁密中透着几分细弱，雪伞似地撑开了一树的香，似位行吟诗人，在相对安静而贫瘠的环境里成长，自有一分平和清逸之气。念此，忍不住又近前细看微风里的这一束枝丫，看一枚枚洁白的瓣围起了一朵花碗，阳光雨露便都实实在在地盛在里面了。由此，相互成就，梨花有了雪的白，岁月便沾上了梨花的香。

醒了的人，在一树梨花的玉盏里浅斟低唱，便越发秀气了。